樂 府

·

心里满了，就从口中溢出

在大学 与 大厂之间

阿痴———著

SPM
南方传媒
广东人民出版社
·广州·

岁月令激烈的情感淡去，

在回忆中，

时间线索错乱起来，

只剩下命运的脉络发出点点荧光。

——题记

在我过往的生活中，我的生命集中表现为两个相继出现的意志。我与这两个意志先后并肩前行，除此之外，再无其他。也就是说，我就是我的意志，我的意志就是我，我存在，以我的意志的形式存在。

解剖自己，在写作上，是一个狭小的切口。我盼望着通过这个切口走入一个更加精微幽深的世界——人类的心灵世界。每个人都天然地想知道，我是谁，我从何处来，我向何处去，我为何会是这个样子而不是那个样子。我也一样。在许多次思考后，我有两点发现。

我发现的第一点是，很多东西是"降临"到我的头上的。它们突然出现，就这样来到我的眼前，不讲道理。

我发现的第二点是，存在着两个"我"，一个"我"被肉身所限，重重被缚，伤痕累累，喜怒哀乐均不受控制，面对第一点所谈到的"降临"没有办法。但还有另一个"我"，即那个"真正的我"，它平静，强大，喜悦，深藏于我们每个人的内心深处，令我们总是为"生"感到欢喜，令我们具有无穷的能量，使我们渡过一切

○

难关。

当我发现自己的笔触接近了"真正的我"，一点点写到它，趋近它，直到写出了它被我逐渐发现的过程，我长舒了一口气。因为，当读者阅读这本书的时候，他很有可能会感觉到这个作者写得多么笨拙啊！她的描述并不精彩，她对主旨的靠近技巧缺缺，真是一个蛮拙的写手。然而，因为我能确认发现"真正的我"这个过程是值得写出来的，我也就不再那么担心读者看穿我的吃力了。

以下，是对全书的简要概述。

在我阅读过的一些经典作品中，作者在讲述过去时，常常选择那些让自己内心潜藏的情感得以完全展示的经历；而当我也提笔想要讲述个人的生命体验时，却始终对我曾经不能完成我的意志这一桩事情耿耿于怀，因此我打算从这个角度切入去讲述我内心世界所体验到的一些震荡。

我想要在角落里自言自语地谈论我如何丢失了我的"沙漠观测站"；我还想要去细数那些出现在我身边的信使，他们温柔地牵引着我，给我巨大的温暖和力量，使我在尚懵懂无知时，走向了另一个意志，一个也许更需要我去完成的意志。善意，纤细恒久，但如果不将它们写下，人们就难以认识到它们实际上无处不在，它们对于我们的帮助是那样的谦虚沉默。

我能感受到，我的生活就像被一根粗壮的绳索牵引着，一直在走向某种超然的宁静。

为什么我的生命表现为这个意志？我渴求完成意志的力量从何而来？我不知道。似乎我生来如此，没有道理可谈。在失去了"沙漠观测站"之后，有好几年，我濒于精神衰亡的边缘。这个时候，一个考到文学院，系统学习哲学和文学的机会出现了。我渴望拯救自己的心灵，于是我考了进去。随后，我深深爱上了我的专业，第二个意志随之出现了：我想要探求生命的真相，体认那里面的精微与甘甜；然后我要写作，写很多很多东西。

后来，我仍少不了在生活中瞎忙活，白受苦。但终究，苦火烧尽层层铁衣。我，迈入了那座"一个人的庙宇"。

我期盼着，我对自己心灵结构的解剖能为读者朋友们带来一些"生的力量"的启发，能帮助大家明白一点——最关键的问题，是坚强。在你坚强之后，"真正的我"会随之出现。

愿我们每一个人，都能坚定如铁。

○

目　录

○

1

○

第一章　　　沙漠观测站

一 我的母亲：她为我立法

有一次，母亲从珠海来北京看我，那时我面试进了一家五百强企业，在双井租了群租房的一个房间，她带了一整袋毛荔枝给我吃。红色的塑料袋套了好几层，最内层的袋子里还滚动着珠海的雨滴。我每次想到这袋毛荔枝跟着她从珠海的郊区南水镇上了那辆陈旧的当啷作响的镇内公交车，再倒三四趟高速路和检查站上的公交车，然后到火车站，挤在候车厅座椅边、绑在行李箱的提手上，上火车下火车，历经两千多公里才到我的小小出租屋里，心中就会涌起一股酸涩涨痛的爱意。好像这爱意从沙漠中一眼过于狭小的石洞汩汩流出，令四周早已习惯于干旱的枯草措手不及。这是我长大以来，在母爱方面，最难以忘怀的一件事情。

○

她和我周围的人不太一样。

当然，她是善良的。前些年她突然想起年轻时曾经救过三个人。她说那会她才刚开始工作没多久，上夜班的时候强忍着没有睡觉，突然发现有两架高空作业的行车正相向而行，很快就要撞到一起。她大声地喊（旁边风机轰鸣，人声很难传出去），挥舞着手臂，喊得嗓子都要哑了，终于使得上面聊天的三个青年男女回过神，及时拉住刹车，避免了车毁人亡的惨剧。还有一回，我只有几岁，在家门口玩，这时突然院子里走进来几个可怜的讨饭人，他们穿着破烂，面容悲苦，头上绑着脏毛巾，不停地抖碗，嘴里念念有词：给点吧，给点吧。我被吓得哇哇大叫，叫他们赶紧走，一分钱也不肯给出去。母亲从家里走出来安抚我，将一毛钱还是两毛钱放在那打头的老婆婆的碗里，目送他们离开。事后她跟我说，可能是今年黄河那边发大水，遭了灾，快过年了，农民出来讨饭，应该给点的，不要小气。

但我与母亲一起生活的好些年里，我都诚惶诚恐地觉得每一天都度日如年，不知道这一天能否好好地过，能不能平安过到晚上钻进被子里睡觉。母亲好像一壶沸腾的开水——永远都在滚动蒸腾，在尖声说话（父亲说她的嗓音太脆了，脆得让人耳朵发疼），在焦躁不安，永远都需要有人和她一起躁动。她不允许家里有人安安静静地做自己的事情，不允许我自己看点什么笑起来，不允许我独自关着门在屋子里待着，甚至不允许我听钢琴曲、小提琴曲……生活的种种细节不断地显示，我们俩的性格截然相反。

也就是说，在那些年里，母亲不允许我做自己。

我无法存在。

她爱我，但她只爱我的"物性"：只存在于概念中的"女儿"、想象中的"儿子"、暖手炉、小棉袄、承载情绪的"接收器"、热烈的回音壁、八卦共鸣机、随着她的需求总是在变化的响应器……

我的"人性"被她的爱排除在外，不予接纳。我的自我寻找、茫然无措、情与爱的萌芽、主体性的抬头、领地意识、对独立时空的需要，都只能在暗中进行。

这给我带来了巨大的痛苦，一度使我怀疑我是否还能继续"存在"下去（不管是生命的"活着"，还是精神的"活着"）。我不得不极力表现得"物性"，以适应母亲的所有规则和情绪波动，好让自己在她的羽翼之下，一天天长大。这是她的家，似乎……并不是我的，我只是暂时寄居于此。

天地玄黄，宇宙洪荒，风云际会，电闪雷鸣，我的母亲就像森林中的狮子王，她狂吼一声，为自然立法，为我立法。天地之间，屋檐之下，我们的家中，她是唯一的王。唯一的完整的人。自由王国独一无二的主人。

后来我也开始喜欢人与被人喜欢，我惊讶地发现大家都表现得与母亲很像：爱对方的"物性"，拒绝接受对方是一个

○

完整的、复杂的人。同时当自己在不经意间展示了"物性"时（表现为某种牺牲和放弃自我、忘记自我），如果对方体会到了，对方就会由此产生强烈的怜惜与愧疚（因为他也明白人应该是"人性"的、"自我"的、具有"主体性"的）——常常，这种感觉与爱无法区分开来。

我们明明知道人应该是"人性"的，但我们却不受控制地爱一个人，当他"物性"的时候。在这个时候，人类的理性与感性强烈地、矛盾地交缠着，正反反正地统一着。爱与痛合而为一，难分彼此。

母亲只是表现得太过了（实在是太过了），太任性了，成为我观察和体会人类情感（畸形的）的最初样本。

更多的时候，人还是像兽，本能地、不由分说地要世界上唯有一个"我"，要"唯我独尊"，要天地只爱我一人，要他人的"屈就"与"臣服"。于是，主体性与主体性碰撞得血肉模糊，绝不相让。

时钟拨回到1999年，那时，我还远远不能理解母亲，也不能主动让渡我的主体性，使我的"物性"充分展现，让她心平气和一些（当然，即使是现在，我也不能常常做到这一点）。

我靠躲着她，而活着。

那一年，我刚升入高三，十六岁，母亲正式从钢厂下岗。

母亲谈到过从前。那年她十七岁高中毕业，政策规定家中的老大可以留城，不必上山下乡（去郊区的水北村、河下村或者南英农场，种田、养鸡、喂猪、挑河），于是外公领着她办了上班的全套手续，她从此便捧上铁饭碗，成为一名钢厂的正式职工，远远比后续进厂只能拿到小集体身份的同学骄傲。

第一份工作是在食堂，上晚班，做夜班包子。厂里非常体恤，上班第一天就派发一个月工资，以便身无分文的青年们买点肥皂毛巾脸盆，让日子转起来。母亲用不上，工资如数上交给外婆。晚上九点到岗，拧开水龙头，在巨大的红色塑料盆里洗芹菜白菜黄叶菜空心菜，剁馅，加盐和味精，包包子；守着大火小火微火蒸馒头；用一人高的大勺搅白米粥小米粥杂粮粥，一圈，一圈，一圈。不停地有工人陆陆续续来买吃的，一分饭票，两分饭票，五分饭票，一毛饭票，两毛饭票，凑整，找零……一整晚不得闲。清晨五点下班，卖剩下的包子馒头炒白菜大家分一分，还可以带回家，一家人的中饭就有了。

母亲嗜睡，天天困得头皮发紧，受不住，她跟外公说干不了这活，太熬人。外公于是再想办法问人、协调、打申请，把母亲调到风机房抄仪表——成百上千个仪表盘整齐地内嵌在靠墙摆放的四五米之高的银灰色铁箱表面，银色的指针在纯白色的表盘内微微颤动，发出许许多多轻微的"咔嗒"声。抄表员在一个大本上记录下整点的数值，确保那炉中橘红色的钢水质量指标一切正常，可以锻造成合格的钢铁产品。

○

在食堂包了三个月夜班包子以后，母亲收拾收拾，搬到风机房上班。仍旧是夜班（白班都满了），但是每两个小时抄一次表，中间的时间可以盖上深蓝色厚重的工作服，枕着废报纸和杂志，美美地睡上一觉。

就在窄长的铁椅上。很舒服的。我上小学前有一阵子每晚都在那椅子上睡觉。椅子是巧手的技工师傅用粗扁铁条焊的（厂里一切家具都是用钢条铁条焊的，沙发长椅凳子桌子架子，从没有坏掉的家具），刷上绿色的防锈漆，铺上退役的运送煤块的黑色皮带（足足十几层厚的麻线纱线橡胶垫摞在一起，硬中带软，极有弹性），可以一躺下来就睡得昏过去。

关上半米厚的铁门，机房里疯狂转动的几十台巨大风机的声音就被关在门外，只余下闷闷的低吼声，好像野兽被关在猎人的木屋之外。仪表室里还飘荡着夜宵饭盒里精肉大排青菜豆芽辣豆腐的香味。日光灯高悬头顶，发出暗淡疲惫的白光。在这里，睡眠将导向无休无止的梦境。梦中，一切都在微微震动。冶炼的灰尘震入鼻腔，夜班工人的梦里都有一股轻微的二氧化硫那令皮肤微微发麻的味道。这是一股令钢城人都放心的味道。十几年后我读化学系，一走进实验大楼，我就知道实验室的通风设备和钢城没法比，那里的二氧化硫浓度过高了。

四十岁时，母亲离开了这一切。从这以后，她将以何为荣，以何为靠，只能由她自己发挥了。

·

我结婚以后，去泰国旅游过一次。普吉岛上阳光浪漫璀璨，英国人的别墅和酒吧建得精巧可人，处处是体贴，处处是关怀。曼谷的城市建设在我的初印象中，几乎比上海还要繁华摩登。磅礴的高架桥上，没有一块钢条会写上说明，告诉别人自己产自何方。我想，有一些来自钢城的钢条矗立在南洋的土地之上，顶着烈日，常年沉默。

20世纪最后几年，索罗斯狙击亚洲"四小龙""四小虎"，所过之处风卷残云，哀鸿遍野。泰国受损严重程度算是全亚洲第一，但待我去时，已经丝毫不见当年血肉横飞的痕迹。普吉岛的英使馆区，面积之大，宛如一座森林公园。草皮清幽，发着荧荧绿光，几十头英地本土奶牛养在一角，低头安详地吃草。十来个英伦孩童，顶着金黄色小卷发，无忧无虑地踢着足球。是谓岁月静好，永世永昌吧？

亚洲金融危机的飓风云团形成之后，向西向北猛烈刮去，刮过岭南，刮到我的家乡，刮到我的家里，刮去母亲的工装。

回望过去，无数该流泪的地方我没有流。其实，悲伤和愤怒是同一种情绪。一个人可以流泪，也可以保持愤怒，绝不原谅。我保持了那愤怒，成为日后做许多事情的深层原因之一，那也成为我个人意志力的源泉之一。

下岗后，母亲作出了决定。

她决定从此以后，除了生存必需的花销，绝不多花一分钱。

○

不出门见客，因为见客要花钱；不出门逛街，因为逛街要花钱；不买衣服鞋子，因为只穿旧的完全可以继续生活……

这决定中，也包含了我。

她决定将我计入"成本"和"负债"中，而非"资产"和"可增益项目"。

我，一个说大不大、说小不小的孩子，一个沉重的负担，一个经济上的累赘，一个今后要生育子女、顾及自己小家的女儿（有可能远嫁），一个放出去不知道还归不归自己管的下一代。

在理想状况下（就像牛顿力学所说的真空环境），爱是无条件的，绝不能斤斤计较。但当一个母亲的工资降为一个月二百元时，关于爱的动作就会全部变形，以至于看不出来它的本来面目。

高三放学后，有时候我特别累，特别想坐那辆901公交车回家，但是一元一次的车费有点贵，是我一天的早饭钱和零花钱。我就故意跳上车，翻书包翻口袋，来来回回找一个遍，最后抱歉地对司机师傅说，不好意思忘带钱了，然后再从公交车上跳下来。但这个时候，公交车已经带着我往前走了好几百米，我也省了好几百米的力气。

因为尴尬，这个小小秘诀，我从未对朋友传授过。

·

二　夜与我相爱

时隔多年，当我回望在家乡生活的十七年的岁月时，有两幅图景总是会从记忆深处跑出来，成为我寻找心灵深层意识的重要提示，成为我了解自己的线索之一。

第一幅图景出现在我小学三年级的时候。钢厂那时业务好，效益高，买下了一个台湾有线电视频道的全部节目。暑假期间，那个频道有一阵子每天下午播放一个德国科幻连续剧，讲的是一个小女孩拥有超能力，能够与来访地球的外星人产生心灵感应，从而拿到许多独特的外星情报（有一部分对地球有巨大威胁）。

屏幕里，那天是黄昏，柏林下起绵绵细雨，天空阴沉晦暗，女孩拿到情报，怀着满腹心事，顶着雨丝，在校园中独行。偶尔有三两个同学与她擦肩而过，又匆匆走远。她走到教室门口的台阶上坐下。巨大的秘密将她与周围的世界隔开，与地球隔开。她孤独到了极致。但仍沉默着。更大的暴雨即将到来。天空整个变成灰色，空气凝重，教室内昏黄的灯光和户外彩色的广告灯光搅缠在一起，画面呈现出青黄色，车水马龙和一栋栋建筑物好像都是虚假的……女孩在画面的最下端坐着，忧心忡忡地思考着……

电视信号时断时续，屏幕上总有不少雪花。我坐在屏幕之外，却觉得屏幕之内的她就是我，我就是她。我们都共同地生活在世界之外，顶着无边无际的孤独，蹲坐在狭小的角落里。

第二幅图景大概出现在小学五年级。盛夏，下午四点多，学校已经放学。天空黑得吓人，仿佛末日降临，毁灭一切的力量正在头顶上方没多远的地方。我和同学们从校园内刚走出来没多久，噼里啪啦的雨滴就砸向地面。一些同学跑起来，还有一些拿书包挡住头快步走着。

我经过那一排由十几棵苍老的桑树搭出的树荫时，雨滴坠入我的后衣领，湿乎乎的。仅仅几秒钟的时间，周遭已经黑得无法看清道路，只能透过厚重的雨帘看到前方房子里亮着昏暗的灯光。

十二岁。我走了两步，意识到无人爱我，我也尚不爱人，我不知为何来到这地球，生活于此。这意识来得突然而清晰，好像我之前十二年都在昏睡，但在那一刻醒了过来。紧接着第二个意识出现，我抬头看向头顶威严肃穆的黑色，感到那其中蕴含着至关重要的秘密，同时强烈地、没有由来地感到黑夜爱着我，我也爱着它。那爱的感觉超越时空，绵长温柔，只要一想到就令人心生蜜意。

桑树见证了这一切。

钢厂规定，婴儿出生五十六天之后，母亲就要返回工作岗位继续上班。于是从第五十七天开始，我便跟着母亲一起

·

去上夜班了。厂里依旧体恤，经过父亲申请，保育院专门找来一位王阿姨，带我这个小孩。她只带我，母亲上班，她就上班，母亲下班，她也下班。

我深深地记得她，脸总是温柔地笑着，已过了中年，眼皮略微松弛，嘴唇薄薄的，软软的。有时候母亲有事，下班了她就领着我去她家里住。我们俩手牵着手，走过钢厂侧门，走过铁轨，走下山丘，走进村子，走在那棵老樟树底下，路过在树下拉二胡的瞎子。

我第一份记忆的萌生，是在深夜。晚上我睡不着，阿姨们在旁边已经沉沉睡去。我站在窗户边仰头看着高炉顶端冒出的火焰：颜色变化多端，有时候是橘红色，有时候是蓝紫色，有时候紫得过分，发出荧光。夜空总是深蓝色，浩瀚宁静。有一次我盯着看了许久许久，猛然意识到自己正独自一人看着"高炉""火焰"，一种无法言说的感受像泉水那样将我从头浇灌到脚，我就这样，从此正式成为一个人，具有了将周围与自己命名的能力。

有的母亲会在夜班中途溜出来看孩子，拿一只银色小勺，对准切开的半个苹果刮蹭，苹果泥就被刮下来，一口一口喂给孩子吃。我在旁边静静地盯了许久，期待我的母亲也能在某一个时刻突然出现，刮苹果泥给我吃。但她从未出现过。我不怪她，夜班是很辛苦的。而且我也完全不喜欢吃苹果。

我还喜欢盯着花圃看。玻璃窗外正对面，是分厂的花圃，

○

里面竟然默默生长着各式各样娇艳的花朵，月季蔷薇牡丹，白得一尘不染，完全不知道自己长在钢厂的正中心，风中满是二氧化硫。夜里是要开花的。有些花很调皮，只在我盯着高炉火焰的那么一小会，就绽放了。速度惊人，不声不响。叶片灰头土脸，绿色已经模糊，上面布满亮晶晶的铁粉灰尘，花瓣却娇嫩羞怯。到了清晨，如果我早一点醒过来，还能看到上面的露珠。

············

前几年身体不好在家休养时，连续一个月梦见一场激烈的战事。在太空中进行，飞船对飞船，激光弹对激光弹，战争在我晃动不安的梦中持续进行，每天的战况都与上一天不同。终于来到了决战时刻。我已经坐进狭窄的驾驶舱，全副武装，戴上白色的头盔，前方舷窗之外，是密密麻麻成百上千艘蓄势待发、散着银色光芒的敌舰。而我方所剩的战舰却寥寥无几。已到了最后的时刻。我猛地推进加速器，打开全部导弹通道，向对方密集的战舰群直冲过去……在短暂的 0.01秒，我清醒的意识跑入梦中，在这战斗机驾驶员的耳边问她："不怕痛吗！"她没有回答。她的意识跑入我的脑海，依旧是无言的，我只记得那坚定的感觉。

0.01 秒之后，战舰相撞，眼前冒出白光，身体被洞穿被撕碎，随后一切消失……

我从梦中醒来。从此再也没有梦到过这场战事。

·

我不知道她是谁。

但我想过许多次，如果她是我，我就将立刻原谅我今生所寄居的这个时常经受病痛折磨的身体，因为它由碎片缝合而成。

并且明白夜空与我之爱绝非无缘无故。

○

三　我独自活着，和后来一样

在家乡生活的最后一年。

我早上六点五十起床，穿越一片巨大的地坑田去上学（新搬了家）。

那时的钢城，一块一块零散的农田还到处都是，一年四季不歇，种满了绿色的蔬菜。

清晨总是有雾的，有时候浓，有时候淡。我从这一头走下地坑，落进雾里，就看不清远处，不知道爬上地坑后，那条小道上的石板是不是还好好地放在原位。

雾中裹着蔬菜的清香和早上刚浇过肥的土壤香，令我精神为之一振，心中莫名喜欢这块田，早起上学的困倦也就慢慢褪去了。

我有两个同班同学和我走一样的路。这两个男孩刚刚长到一米八，瘦得可怕，背着书包塌着腰，互相之间无声地勾肩搭背，打闹着，总是走在我前方十米的地方。

我们一起默默地穿过雾气缭绕的地坑，彼此之间从不说话。

进入夏季，一大早青蛙们就醒来，藏在湿土之下哇哇直叫。我们三个一前一后走在地坑的田埂上，低着头，眼睛量着步子，热汗从脊背上一泪一泪地冒出来。

地坑脱离现实生活，成为某种乌托邦，每天十分钟。

·

…………

周围的人谈恋爱不像从前那样藏着掖着，就连老师也不太管。那根弦好像松了。这和我小时候以为的高三生活会紧张得透不过气的印象完全不同。除了前几名学生之外，对于大部分学生，老师和家长们似乎都接受了现实：事已至此，还得活着……

说起来，整个钢城的人似乎都没有名校情结，对于孩子读书上学抱着一种得过且过的态度。因此，松弛不是这一年突然出现的事情，而是……一直都比较松弛。

我拒绝参加朋友方组织的班级圣诞晚会，理由是我想要在家里看书，时间紧迫。

方劝我："就一个晚上！一个晚上什么也耽误不了！"

我不知道为什么，意志竟然那样坚定："我真不去，你们好好玩吧。"

方被气得哑口无言，拉着我在马路边的水果店铺边，瞪着我，眼睛冒火。

一筐鲜亮的橘子就堆在我的小腿后，旁边是垒得高高的青翠的苹果塔、扎得紧紧的土黄的桂圆扫把、反季节的绿油油的西瓜、香蕉菠萝橙子火龙果……我的这些女同学们，她们正认认真真地过着日子，爱着生活，爱着恋爱，爱着当下的青春，爱着彼此乌油油的发，爱着红嫩的唇。

我却不愿意那样。十足的怪胎。

○

"你简直，你简直……"方语无伦次。

"你，就把我，当作是，苦行僧吧，"我说，"苦行僧。"

这话说出来，我觉得如释重负，但心中又充满了酸涩。我为什么要当一名苦行僧呢？苦行僧的生活多苦啊。我怎么就想要那样呢？我搞不懂自己！

方一愣："什么苦行僧！你不去，少一个人，没意思啊！"

我心中微微动摇，也想要去在圣诞彩灯下欢笑，嗑瓜子，喝可乐，吃香蕉。但那念头一闪而过，我还是想要回到小屋内，在天光已暗的时候独自一人。但尽管这样，如果方再坚持一点，再强硬一点，再不由分说一点，我也许就同意了。

但她眼神黯淡，松开了抓住我校服的手，轻轻地说："好吧，那你回家吧。不逼你了。"

我心中突然刺痛，在水果摊前与她挥手告别。她回家吃完饭，换上新衣服，就将赶赴圣诞的青春盛会。而我，将在子夜来临之前准时上床睡觉，挨着枕头后，在想象中到达现场，与方相视一笑，共祝圣诞。

可以有许多解释，比如我因母亲的过度苛责而产生的低落情绪，或者是内心深处对于朋友的任性的占有欲（希望几个好友私下单独过），又或者是青春期的人惯常喜欢的刻意为之的疏离冷漠感，等等。但到现在，我都觉得诸多解释难以真的自圆其说，成为我古怪行动的注脚。最后，只能接受这样一种观点，在我的理性意识充分察觉到当下状况之前的几

·

秒钟，大脑提前为我安排了某一条路——有些特质是先验的，它突然地到来，你只能迎接它，接受它就那样成为你的一个部分，成为几分之一的你。

…………

还有人喜欢我呢。

想想都觉得不可思议，那个时候我剪着男孩头，戴一副黑框眼镜，面对外人，绝不多说一句话。和美搭不上边，和开朗大方也相去甚远。

在表哥的婚宴上，坐同一桌的同龄男孩与我目光交流了几次，没有交谈，回去竟然吞吞吐吐地央求他的父母帮忙找到我的联系方式，想与我成为朋友。

我好几年后才知道这件事情。母亲说舅舅找到她询问，但她拒绝了，因为不能影响我的学习。（但又过了几年，母亲后悔了，她反复多次提到这件事情，迫切希望我和对方重新认识认识，看看有没有结婚的可能。这就更加惊悚了。）

于是我在回忆中拼命搜索那个人的样子、当时的情景，只能想起来他也戴眼镜，长得白白净净，其他的印象就实在无处打捞。

钢城高中的男孩普遍长得不差，我也对他们都有好感——我的朋友们喜欢谁，我就喜欢谁。这种喜欢，必须是"伙同的"喜欢，是要能与朋友彼此分享秘密的喜欢，凑热闹的喜欢。我心中谁也不装，我的朋友们帮我装着就行。

○

偶尔走在路上，我也觉得自己奇怪。我的朋友们都长大了，拥有了秘密，那秘密里似乎有数不清的剑与蜜，而我对此一无所知。我的心中空荡荡的，如果跑起来，会涨满了风。

我没有世俗的爱人，无法明白世俗的爱情。我感到自己好像假装是个人类，活在地球上，其实是个火星人。我担心自己如此重大的缺陷会令生活不便，如此担心了许多年。

但我深爱着农田、钢城、夜晚和雨丝，所以我说我想当个诗人，这大概总能成吧（通过努力）。

比如，晚自习回家，我就不从地坑走。

我怕踩到青蛙中空的身子，也怕青蛙咬我的腿子。

四　养育我的、承托我的

薄暮时分适合吃根冰棍，橘色的，和晚霞的颜色一样。

当太阳隐没在南方的群山之后，地雾升起，我的家乡呈现出美丽娴静的样貌，沉默，带着妩媚。

那雾温热，裹挟了地球深处的温度，将我整个笼罩其间。

那正是我放学回家的时候，我对这个时刻有着特殊的眷恋，因为我小时候是一个"零食大王"。而放学时分，是零食时分。

当我迎着晚霞放学回家的时候，我何止买过橘子口味的冰棒呢！我买过的小零食太多了：腌制的甜姜片、腌过头已经带有酒精味道的白萝卜块、辣刀豆、菜梗、酸包菜、酸梅粉、蜜制的杨梅干青梅干陈皮干……还有太多太多的各种话梅，甜的酸的辣的咸的……那种令人难忘的香气会快速地将我浸透，一直侵入大脑深处，叫我产生置身于另一个世界的幻觉。我关于香味的启蒙，正是从品尝各式话梅的体验中产生的：植物果实被多重浸泡而散发出的动人香气，我至今还没有在什么大牌子的香水中闻过呢。

那会我还小，母亲的工作也很稳定，收入不错，所以她不太管我，甚至很纵容我：她每天给我一毛钱零花钱（有时候更多），时常与我共享我不知道从哪里买来的各色脏兮兮的小零食。每次母亲吃下我买来的翠绿色的酸辣萝卜条（过于

○

21

翠绿了），我就会很高兴。有一次我从话梅袋子里吃出了十几颗碎玻璃，还有一次从长满了小飞虫的玻璃罐里买了两毛钱的蜜饯杨梅。

我不知道每天都上什么课（我从来不抄课程表），也不知道具体几点放学，反正下课铃响了就跟着同学们一起从学校慢悠悠地走出来。我跟一只小野兽差不多：日日自作主张地买东西回来吃，一边吃一边在随便哪个水泥台阶上做作业（有时候是水泥乒乓球台）；歪背着书包在学校附近的小林子里闲逛，抓一只螳螂放在笔盒里；只要有点钱，就光顾零食店的生意，东看看，西看看……

我，流浪汉一般自由自在。

衣服每天都弄得脏兮兮的但完全不会被骂，就是我自由的证明。

我总光顾的，是我家东边隔着两排平房的那间瞎子店。

那家店的名字我已经忘记了，很有可能几乎没有名字。因为老板是一个三十多岁的壮年盲人，这家店就被我偷偷称呼为"瞎子店"。那里没有任何装修，也不舍得开大灯，终年只在柜台上方挂一枚五瓦的昏暗黄灯泡。瞎子大叔成天在那只够转身的四个平方米左右的店里守着。他有时候听广播，有时候发呆，有时候趴在玻璃台面上睡觉，有时候抱着海碗吃饭。

他身后那堵墙，排了三只顶高的货架子，上面摆满了油盐酱醋茶虾条薯片话梅果冻酸梅粉，那是我屡屡以锐利目光扫视的区域。大概是因为一次偶然的相遇，我在那里买到了比国营店更便宜的话梅，从此就成了它的老主顾。

我在瞎子杂货铺买过的最夸张的零食是一整瓶香槟酒。

有一天，他兴致勃勃地向我推荐这款新进的香槟酒：色泽金黄，泡沫丰富，入口甘甜清爽，比汽水好喝！一块钱一瓶。他在向我介绍的时候，完全忘记了我是一个小学生，只有八九岁。

作为零食大王，我很爽快地买了一瓶。

我想要讲述的那个时刻来到了。

那一天，在那个薄暮笼罩大地的时分，黄昏之时，我提着一个塑料袋，里面装了一大瓶香槟酒，大摇大摆地回到了家中。

父母都没有下班，家里只有我一个人。当然，我还买了其他零食，比如新到货的腌姜、甜话梅、咪咪虾条。

我像一个老酒鬼那样笑眯眯地、满怀喜悦地回到了家中，掀开豆沙红的短窗帘，将窗户下的书桌收拾了一番，摆上我的酒、我的下酒零食、一本作文书（那会的作文书往往是各类小小说和散文的合集），开启了我的薄暮之旅。

我对自己的酒量很有把握（五六岁时我就可以独自喝下一杯啤酒），用起子打开香槟，手忙脚乱地把喷涌而出的泡沫抹了抹，咕咚咕咚喝下一大口！随后，我坐在藤椅上细细品尝这酒的滋味：很浓的糖精味（和爆米花的甜相似），酒精所

○

23

特有的辣喉咙的刺激几乎没有，但是香味浓郁，好像同时吃了橘子糖和苹果糖。我的心情几乎瞬间就愉快起来。

我投入地喝了一口又一口，吃一口这个零食，再吃一口那个零食，那派头好像邻居那个轧了一整个白天的钢、晚上终于回到家里可以安安心心吃夜饭的大伯。我带着一点点自己以为的醉意埋进书本中，作文书里的故事也好像香飘十里，回味无穷。

我的最重要的人生时刻之一，小时候的薄暮时分，就是这样的了。

五　关于江西省和我

老赵，隔壁班的，给我们代过几个月的语文课。

晚自习，高三生都在埋头做卷子。轮到他值班，有时候，他喝多了酒（我猜他晚饭的时候没忍住，喝了几杯），在各个班级之间窜来窜去。撅着胖胖的屁股，撑在脆弱的三合板桌子上，两只肥肥的手臂霸占了桌子面积的一大半，凑在学生的鼻子跟前，与大伙说些贴心窝子的话。

大伙总是被他满嘴的酒气熏得忍不住笑起来，一边用手捂着自己的鼻子，一边回应他很多莫名其妙的问题。

有一天，他把我叫到教室门口聊天。他已经站不稳了，醉醺醺的，脸蛋红扑扑，眼镜后的眼睛都睁不开了："江西省每年都有高考语文满分的人。"

"语文拿满分很难吧。"我说。

我从来没想过语文要拿满分，这件事情从未在我的脑子里出现过。

他笑眯眯地看着我，胖胖的脑袋俏皮地一歪，紧接着就说："我看你就应该拿满分。"

我大惊失色："这……我没想过……"

"想想看！可以的！你想一想！"老赵胖手一挥。

我还在犹豫，老赵又说了（舌头还大着）："你看啊，选择题拿个满分，阅读理解又不难，也可以拿个满分，作文再

○

25

努力一下，又是个满分，这不就拿下了吗？"

我再次认真地看了看老赵的脸，终于确信他是真的喝多了。

他点点头，可能是对我点的，也可能是对自己这个看法点的。然后他挥挥手，让我回去继续晚自习，转而又去和其他学生贴心窝子了。

随着时间流逝，二十多年过去了，我心中的惊讶慢慢转成了感谢。当一个人对我寄予那样高的期待时，我内心深处涌现的情感是感动而快乐的。如果我穿越回去，我要对老赵说："您说得有道理，我努力看看。"

乃至于在我人生的后来遇到许多麻烦时，我心里时不时会想到这句："想想看！可以的！"

六 "沙漠观测站"

我早就知道我会在一个"沙漠观测站"里工作生活一辈子，直到老去。非常确定。

这个念头非常自然地出现在我的脑子里。我已经无法说清这是我的期望，还是我所受到的无言的召唤。

那时，我琢磨着（很认真地考虑我未来的工作），在祖国广袤的西部地区，比如酒泉附近，总会有很多个这样的观测站的。沙漠地区，人烟稀少，天空清澈明亮，夜晚抬头就可以看到银河和众多星系团，适合修建天文台，或者发射火箭。我当然，就生活在那里。

我的工作室也是我的生活间，因为我每天晚上都要值班。窄床只有九十厘米宽，靠墙放，被子与枕头柔软，被套颜色温和，疲惫时躺下去一秒钟就会睡着。庞大而复杂的超级电脑贴着另一面墙，放了整整一排（这样子和我母亲工作多年的钢厂风机仪表房多像！也许我对沙漠观测站的建设参考了它的布局）；而且这只是观测电脑群中的一个部分，还有很大一部分在天文台内，以及数据中心实验室里。台面上放着笔和本子，方便我随时进行记录和简单的计算，右手边有一个玻璃茶杯，里面泡着幽香的清茶。我工作到清晨五点，就可以脱下工服（夜晚可能需要我及时跑到室外修理天文台的某些零件），拉上窗帘，在我的小床上睡到上午十点半。十一点

○

半我去吃饭，午时十二点半，我的工作又开始了。

这只是西部地区分布广泛的众多天文观测站中的一个，规模很小，因此工作人员只有我一个。领导每个月开车过来巡查一次，了解了解情况；食物补给车每个星期来一次，送来蔬菜、瓜果、粮食、饮用水和生活用品。

我，就是这个小小沙漠观测站的守站人。

远在几十、几百、上万、上亿光年之外的星系演化事件，只要能够被观测，都会被我事无巨细地记录在案。我时常汇报一些异常天文事件，但往往被后来的事实证明，并不对地球有太大的影响。但，这就是我的工作。当然了，还有更加重要的国防科工工作，守站人就是站岗人，责任重于泰山。必要时，我将协同我的同事们，为某一颗至关重要的导弹精确计算飞行轨道……

我很快就老去，并且因为自己如此度过了一生而感到幸福。这就是我的命运。

整个高中三年，我都在为我的命运辛勤忙碌着。我属于它，正在拼命向它奔跑而去。如果我不能一路跑到沙漠观测站，我不知道我接下来还能为了什么而活着。

命运的起头，在钢城的图书馆。

那是一栋结实的三层小楼，书架是钢铁的，服务台也是钢铁的。窗明几净，地面铺着棕灰色的水磨石地板，高大，空旷，走在里面，会有脚步声的回音。常常只有我一个读者，

·

从这间书室踱步到那间书室。从这一点上说，就算认为它是专门为我而盖的，也没有太大问题。我心里头就是这么想的。

书脊冲外摆放，玻璃隔板中间横向空了一指宽，要用借书卡捅、捅，把自己想要借的那本书从一整排书列中捅出去。管理员抽出这本书，登记，画钩，把书递出来。

天文科普的册子很薄，我费了很久的劲才准确地捅到书脊。

"哪本？"胖胖的管理员是我的女邻居。

"这本，这本。"

她慢悠悠取下书，一摇一摆地走向服务台。

日光灯悬得很高，光线白得发青，图书馆因此而始终肃穆，清冷。

我兴高采烈地抱着书回家，路上寒风夹着细雨都不冷了。

从那本书开始，我知道的东西太多了，是老师从来都不讲的内容：什么是红移，什么是广义相对论，银河系为什么会有悬臂，恒星爆炸后会变成什么样，黑洞内部可能的结构……

我虽身处默默无闻的钢城，但早已领受天命。

我的路就是这条，而绝不会是其他。

因此，我学习异常刻苦，对数理化三科极其重视。毕竟，在沙漠观测站里，只有我一个人，出了任何问题，发现任何异常，我首先只能依靠自己。

我的祖国需要我，沙漠观测站需要我。我也需要它。

○

尽管学习的过程像在一座大山的内部钻一条隧道那样艰辛，我却以前所未有的意志力在隧道内坚定前行。

　　我的眼睛里什么都看不见，只有我的观测站。我的黄沙大漠。我的信仰。我终身的使命。

七 21 世纪来到

1999年的冬天过完，2000年就要到了。电视和报纸里，人们都对这个年份抱有极大的好感，叫它为"千禧年"，以2字打头的第一年，一个新的世纪。似乎很多好事就要发生，光明的未来就在不远处。那种期盼和愉快是确凿的，来由却是十分不明确——真的会那么好吗？日子不还是那么过吗？没有特别走运的事情发生，没有赚到更多的钱。

迈入2000年的那个除夕夜，依旧是我和母亲在家过，父亲在厂里加班赚三倍加班费和开年红包。

折叠小铁桌展开，底下放了一个点煤气的火炉子，门窗紧闭，客厅里就挺暖和的。过了晚上十点半，我们俩趴在铁制的暖桌上昏昏欲睡，电视里的春晚节目已经不入脑了，外面陆陆续续响起鞭炮声，这说明许多人家都困了，放完这一挂除夕炮，大家都要睡觉了。于是母亲披上外套，套上棉拖鞋，准备去楼道里放除夕炮（楼道不密封，有个三平方米的敞口）。

怕零散的爆竹炸进客厅里，我拉着防盗门，留一个缝，从缝里伸出头去看她点炮。每年我都害怕她手脚不灵活，点炮时把手指炸坏了。

母亲把那挂鞭炮展开，半蹲着，眯着眼睛。手伸得老长，让打火机去凑引信。

终于点上了，引信刺啦啦开始冒火星。

○

母亲转身就往家里跑。

我则推开门至三十度角："快点啊！快点！"

母亲手脚并用，刚爬了三四节台阶，她身后的鞭炮就震耳欲聋地炸裂开。整栋楼也跟着震动不已。

母亲进门后，我立刻把门关得紧紧的。

我们俩挨着门，一动不动，认真地听我家今年这挂鞭炮响得亮不亮堂，炸得连不连贯。

一分钟后，响声停止。

我对母亲说："今年这挂不错。一点都没有断。"

"得买贵的！有些人家舍不得花钱，买的鞭炮炸到一半就不响啦！"

我们将门口窜进来的碎纸片捡起来扔进垃圾桶，关掉电视，上床睡觉。

一夜睡不踏实，邈远的鞭炮声总是不断地响起。

我记得很清楚，当我打开铁门，等待母亲点燃引线时，从空旷的楼道望出去，前方就是农田，田上笼罩着淡蓝色的地雾。那年的除夕并不冻得叫人发抖，相反，湿润的雾气从田里升起来，一直升到我家四楼可以望见的高度，袅袅婷婷地悬在空中。这是南方的冬天才有的景象。从我的卧室窗户看出去，城北的云朵红彤彤的，好像再过一会就要天亮了似的。这当然是幻觉，钢城的夜空因为高炉昼夜不息的燃烧永远是绯红色的，叫人分不清深夜与黎明。

过了年，我进入高三的下半学期，我的生活就像一辆火车离开熙熙攘攘的站台，开上了空旷的轨道，越跑越快。我将要走远了。

○

八 你们都将离去

我当过一年的政治课代表，在高一的时候。这是我在高中三年里唯一担任的"官职"。老师是上海人，知青，上山下乡到了江西，后来成了高中的老师。他在上海读了大学，因此从一开始就不满足于课本里对马克思的简单介绍，而是要从费尔巴哈和黑格尔讲起，其实高考不考，大部分学生也完全不感兴趣，但是他仍然要讲。我作为他的课代表，从头跟到尾，专心致志地记笔记。所以，老师几乎就是在对着我一个人讲课。

他因此很喜欢我，也很关心我，比如课间操期间，他因为走来走去时发现我总是穿一件军绿色的棉袄，就来打趣我："你这是不爱红装爱武装嘛。"

这是他最后一届学生。教完我们，他就要退休了。工作生涯里发生过的一切风风雨雨都将离他而去，光荣与冷落，都不在乎了（他曾经是校长）。

但他还是悉心备课，一板一眼地对我谈道，他的大学生涯中所学到的费尔巴哈与马克思的传承关系、"肯定—否定—否定之否定"的辩证关系、政治经济学的流变……

那一天，极其炎热。

电风扇"咯吱咯吱"地转着。人还是汗流浃背。

他举着课本，眼睛突然从课本上挪开，转而对我说："你

·

34

们都要走的。"

我露出困惑的表情。

"回上海去。都回上海。"他说，"这里有什么意思？这里什么都没有。"

过了一会，他又想到他在上海发生的一件事情。

"我就是上海本地人！就是在上海读的大学！……我要找的那个地方我就是隔了些年头不记得了，他就把我当外地人问我要钱！'哦，问路是吧，十块钱问一次。'竟然有这样的事情！"

电扇转动。我抬头，与他目光相对。他低下头，重新看向课本，眼眶中的泪水几乎就要流下来。

那是一个微妙的重要的时刻，我因此要将它特别地记录下来——那个瞬间里蕴含有我们师生之间的情谊，顷刻间的理解之同情，还有我对他曲折命运的感同身受，它是复杂的。但人和人之间的情感往往是这样，在一个特殊的时刻，一段话语在另一个人的心中留下了深刻的印象，终生难以忘记。从他以后，我发现自己很喜欢学习哲学，而且多少可能有点天赋。

七年后，我跨专业考研升入文学院后，又与黑格尔重逢：生读黑格尔，吃黑格尔"刺身"，差点夜夜以泪洗面；二十年后，我将他的谈话写进了自己的第一部长篇小说之中。这些点滴的线索，后来都被我认为是命运给出的做标记的豆子，好

○

让我明白，命定之路在这里，而不在那里。我应该从事这个，而不是从事那个。

正如乔布斯所说的那样，当你回顾往事的时候，会发现一切都被命运的绳索串联起来，你到底是一个什么样的人，你喜欢什么，都在一些几乎快要忘记的小事之中给出了明确的答案。

在这条路的最开始，我的老师给予我不由分说的偏爱，同时带着对他自己命运的喟叹。

·

九 降临

失眠是突然降临在我身上的。就像其他的事情一样。

进入初夏以后，从某一天开始，我突然就无法入睡了。

尽管眼睛酸涩，大脑疲惫，但是躺在床上时，什么都清清楚楚的，原先一直陪伴我的入睡前的蒙眬和迷糊都消失了。我甚至起了好奇心：我以前到底是怎么睡着的？

半夜三点，我把母亲从睡梦中叫醒，跟她说："妈，我怎么睡不着？"

母亲顶着一头倒竖的钢丝卷发稀里糊涂从床上爬起来，气炸了，叫我睡不着就去看书，不要在夜里烦人。

我只好重新又笔笔直地躺下来，尽全力去捕捉那些能够导入睡眠的迷糊精灵。但它们就像烈日下的冰雹，一万平方公里中不知道有没有一个。

我这才发现，睡眠也需要灵感，也需要天赋。

有时候我的脑子里塞满了迷糊精灵，晚上听完《新闻联播》，挨着枕头就立刻入睡，直到第二天早上醒来。中间漫长的十一个小时，我蜷缩在被子里，连姿势都没有换一个。迷糊精灵把我缠得紧紧的。

而有时候，我一点睡觉的灵感都没有，但疲惫也令我什么都没法干。我闭着眼睛，耳朵紧紧贴住枕头，想想这个，想想那个，好像自己是人间大法官，专在夜里干活。失眠时，

○

我还恐惧很多东西：即将面对的未知世界，活着到底将有多累，生活未来将成为什么样。我还不懂得自己的分量，自己是谁，自己将要走向何方，自己在幻觉中酝酿出来的未来是否可行，也不知道世界是否愿意容纳我。十七岁的我躺在凉席上，望着窗外蓝黑色的夜，还不知道应该如何思考，只是徒劳地耗费时间，感觉自己快要疯了。

我尝试着去分析自己为什么失眠。太好理解了，还有几个月要高考了，压力大了。我劝自己，刷题不是刷得很好吗，你不会做的题别人更不会啦，高考总不能难到天上去吧？那么多人参加考试不能都不及格吧？（另一个声音：有可能啊！）

我就这样调转理性的工具，对准了自己，分析来分析去，我觉得很多方面还是分析得有点道理的，但是一点用也没有。睡不着就是睡不着。根本不知道解药在哪里。起码当时，解药不是自我分析。

············

冬天时，我晚自习后骑单车回家。

下了一场大雪，路边到处都是薄薄的冰层。

在下坡转弯的地方，我不出意外地摔了一个大跤，连人带车滚进下水道里。

雪花还在飘着。我的棉衣棉裤瞬间湿透，整个人冻得牙齿上下磕碰，"咔嗒咔嗒"的。

我从下水道里爬起来，又把单车捞出来，继续往家骑。

·

打开家门，太好了。父母在房间里睡得很沉！

我轻手轻脚地把衣服换下来，冲了个滚烫的热水澡，冲到头发上都冒蒸汽才从浴室出来。

然后我又做了两个小时的数学题才爬进被窝。一闭上眼睛，我就睡着了。

我总是喜欢想到这件事情，因为在这事中，我的孤寂被保全，我自己独立处理善后事宜，处理得很好。如果我和父母之间一直都是如此，那该多好。

许多事情都是降临的。

就像母亲为什么是那样，父亲为什么是那样，我为什么是这样，我们三个人为什么凑在了一起，生活为什么是如此而不是那般，等等。

无论怎么使劲想，也根本想不明白。有时候想出来的原因，是强扭的原因，是为了让自己心里舒服一点的原因。谁也不知道，原因到底是不是那个。

没有为什么，它就是降临了，就是发生了，就是如此了。

我无可奈何地接受了自己失眠的这一个事实，就像细雨中田里的黄牛缓缓跪下，腿关节深深扎进水田里，任由主人将铁环穿进它的鼻孔。

○

十　十分艰难

我不是一个数学天才。

有些题我做了一整个晚自习也捋不顺。

我想象不出来，那些传说中的天才做难题势如破竹的体验到底是什么样的。

在通往"沙漠观测站"的路上，我艰难跋涉，体能处在被耗尽的边缘。

老师已经帮不上我们了，剩下的路几乎全靠自己。

我担心在观测站工作时如果遇到恒星或行星的意外突发状况，我的数学能力万一掉链子，那可就不好了，因此我把大部分时间都用来死磕一道又一道的数学难题，提前与多年后可能出现的"拯救地球"的挑战相对撞——地球面临绝境时，在扛住地球不被撞毁的肩膀中，得有我的一副。——我在孤独中，为自己设置了如此全套的作战情景。也没有什么来由，这情景就很自然地降临在我的脑子里。

所以尽管艰难，但是我在这"作战预备"的假定中忙得不亦乐乎，十分充实。

差不多到了五月底，我认为自己已经从根本上攻克了高中数学，人生中第一次产生了对这门学科的自信。走在走廊上，挺胸抬头，不惧怕任何同学迎面向我走来："喂，给我讲讲这道题。"

"题拿来！"

我认为，只需要再多一点时间让我深化和静思一下我强烈的直觉，就能拿下数学满分（自信心炸裂如斯）。

但是我没有时间啦。

火箭底部的燃料已经充分燃烧，轰隆巨响，发出炫目的红白光。发射的时间很快就到了。

我很庆幸，所剩无几的血槽还在支撑着。

我还活着，还能战斗。

○

十一　一个遥远的地方

蛋的饭量之大，叫我目瞪口呆。

我第一次带她去我家吃午饭，她捧起电饭煲的内胆，把脸扎进去，快速地吃完了一整锅的白米饭，好像在吃什么山珍海味。

她长得很好看，像贾宝玉林黛玉薛宝钗三个人的合体。因为爱吃饭，脸盘子滚圆，脸上的肉捏起来像铁一样硬。

她是好脾气的（让随便捏脸蛋，皮肤又细又滑）。有一阵子我们天天放学一起走回家，有一次，我请她吃马路旁边老太太用铁皮小烤箱做的"油墩子"（厚厚的油饼里裹了萝卜丝、藕丁、火腿丁），把她高兴坏了，一连几个月都念叨我的大方。

我和她的爱好不同，我只喜欢吃烧卖，而且早上吃不下，只有中午才想吃。每次中午放学，她就跟着我一起去那家早餐铺问还有没有早上剩下的烧卖。大部分时候没有。蛋掌握了规律。每当我们走近那家早餐铺，她就会提前三分钟模仿老板的口气说："没有啦，早就卖光啦。"

中午我也去过她家吃饭。一锅冷掉的白菜豆腐汤，一大锅白米饭。她妈妈是医院的药剂师，每天早上六点多起来给她做了这样简单的中饭后就匆匆上班去了。

我后来不再去她家吃饭，而是经常把她带到我家吃午饭。到了最后一个半月，干脆连晚饭也叫我父亲送到学校来，我

·

们俩凑在一起吃。

蛋吃东西的样子香极了。拈了一只细细的青蛙腿吃了以后，还要就着手指头上那点香油，再吃两口白饭。那个时候，她真是一个很可爱的高中生。

临近高考了，她给我带来一些很重要的消息。

"考大学就是一定要去北京的大学。那才叫真的上大学。"她告诉我。

"是吗？"

"我舅舅说的。我舅舅在厦门大学当老师。"

"这样！"

"听说只要考上北京师范大学，出来就可以当大学老师。"

"这么好！……"

在她告诉我关于北京的这些消息之前，我还真的从未想过我到底要去哪个城市，到底要考哪个大学。我只知道我要去"沙漠观测站"，其他的一概稀里糊涂。

我们俩经常勾肩搭背地、慢悠悠地走在回家的路上，一路上随便说点什么就笑得要死。很难想象，我们俩在高考前一个月那么高兴到底是说了些什么。

再后来，再没有哪一个朋友像她那样对我逆来顺受，小圆脸可以随便捏来捏去了。

○

十二　最后半个月

越是临近高考，我与这个想象中的巨人殊死搏斗的战斗就越是惨烈，令人焦灼。我的头脑忙乱不堪，一方面在理性地分析一张又一张试卷；另一方面，我还不知道如何安慰自己，总是将敌人想象得过于强大而将自己想象得过于弱小。在这个时候，老师们不再上课，也不再让我们刷题，只留下一些简单的宽慰和鼓励的话，就消失了。不，他们并没有真的消失，他们从战斗中撤出，忽然换了一副模样，成为从前的反面：他们比我们提前懈怠了，好像多年的经验带来的结论就是，只剩下一个月了，大局已定，不会再有惊喜，别把学生们逼死了。

我快疯了，但是班上比我疯的同学大有人在。

坐在第一排的那位沉默的女同学，把书本翻得哗啦啦响，但是看每一页书的时间只有一秒钟，唰，一页就过去了，唰，另一页又过去了。

坐在讲台底下的那位男同学，他也够努力了。因为不爱戴眼镜，看老师的眼神总是犹豫而眯缝着。如果他看清楚是数理化的任何一门课的老师走进教室，他就要挥动自己瘦弱的胳膊，呼唤着："老师，老师，你帮我看看这道题！我用自己的方法怎么就是不成呢？"

连班主任都忍不住劝我们："不会就不会吧……这个时候

吃好喝好比什么都重要……"

课程已经全部停下来了。想要回家睡觉也行，留在学校里做题问老师也行，在操场上跑步也行。都可以。老师对我们的溺爱与宽容达到了整个师生互动生涯的巅峰。

有人在后排偷偷地牵手，脸对脸趴着笑个不停；有人中午去街上新开的茶馆喝茶，喝茶喝到实在无聊了，又回到学校上晚自习；有人皱着眉头对牢一道题，一看就是一个下午……

忘记是从哪一天开始，我们终于厌倦了一切，开始允许无聊充斥整个教室、整个白天和整个夜晚。

仿佛我们突然集体地意识到，这是我们少年时代的最后盛宴。

突然出现了一个篮球。

它一开始只是在后排几个男生的头顶上来回跳跃，但是慢慢地，它传到了前排来。我们坐在座位上，用拳头把它顶向其他人，用指尖让它旋转，猛地一拍让它把桌上的卷子砸烂……

每个人都抬起了头，眼睛亮晶晶的，笑着看篮球落到谁手上。

不管落到谁手上，我们都尖叫，起哄，拍桌子，大笑。直到把手拍肿，把嗓子喊哑，甚至眼睛会有点红。

算了吧，那些难题们，我们终究不属于你们，而属于我们自己的生命。

没有酒在我们的手上。如果有的话，我想我们每个人都

○

45

会一饮而尽，喝干这杯生命中永远不能回溯的奔流浩荡。

不可挽回了。

我们必须长大，而且分离了。

·

十三 意外的战斗

年级里认识我的人还挺多的。可见我的威名并不仅仅局限在本班之内。

第一场考语文，刚进教室，坐在我后面的小高胖就低声而迫切地对我说："等会你往旁边挪挪啊。"

我不予理会。沙场秋点兵，这样的场合应该是肃穆的，庄严的。

铃声一响，落笔成文。不管选 ABCD 哪一个，都是不可后悔的，选择了，填写了，紧接着下一个。没有时间回头看。

还有五十分钟，我开始写作文。论整体与局部的关系（哪怕就是现在，让我写这么一篇小论文，我都感觉难于上青天）。

坐在后面的小高胖一直在不停地喝水：从地上拿起水杯，拧开瓶盖，咕嘟一口，合上瓶盖，放回地面。循环地做着这件事情。

距离交卷还有十分钟，提醒铃响起。

小高胖如梦方醒，在我身后哀号一声："天啊，我还没有开始写作文！"

…………

第二天上午，我被一道立体几何题缠住了手脚。

我简直不敢相信，我与数学痴缠至此，我会解不出来那道题！

○

热血沸腾，赌性顿起，我非要解它不可！我不相信我的水平连它都搞不定！

出现了一个线索，我死死抓住，往前推理十步，不对；又出现了一个线索，继续推进，死胡同，还是不对……

我看不透它，于交锋中陷入困境。

我狠狠地不甘心，不肯认输，不肯撒手。

等到所有线索缠绕在一起再也捋不清楚，我终于意识到要放弃时，时间只剩下十五分钟。并且我终于在慌乱中看清了题干后那句小小的该死的说明：此题与下面的题为选做题，二选一即可。

天啊！

我翻到卷子的背面，赫然还有五道大题躺在那里等着我！分值加起来超过七十分！

我从未预想到，我会在最爱的学科遇到这样的情况。从未！

我为它几乎付出了一切，只差几十天的时间就可以将它彻底碾压在脚下。

而在高考的现场，空白着的一整页的大题正沉默地、威严地凝视着我。以它内部颠扑不破的真理、公式、推论、变形，向我彰显着它的来自宇宙深处遥远的训诫。

宇宙是这样说的：你该如此看待我。更严肃。更尊重。以及，更恐惧。

·

真正的战斗这才开始打响。

只要我稍微软弱一点，"沙漠观测站"就将永远地、永远地与我告别！我将永失挚爱！而这，是我绝对不能承受的。

肾上腺激素飙升，我推上加速器，开始了狂飙突进：快速扫过每一道大题的题干，同时把五道题的第一问做完，因为第一问最简单。然后同时推进第二问，这也没有问题，有些第二问我简直熟悉得像回家。第三问开始出现难点，我先写完能立刻作答的，放弃无法推进的。最后，看看有哪个第四问在我的肌肉反应内，以百米冲刺的速度结束这局部的巷战。

结束铃响，所有人放下笔，等待老师收卷。

我跟着人群走出考场。七月正午的烈日完全不能晒暖我发冷的脊背。

我微微颤抖，回到家中吃了午饭。随后的一天半，考完了接下来的科目。

全部考完的第二天早上。我和往常一样，七点半起床，吃了一点早餐，坐在书桌前，拿出了数学习题集，埋头做了起来。

母亲在门口盯了我半天，然后才十分困惑地问："你是不是有什么毛病？"

我头都没抬："这书都是花钱买来的，别浪费了。"

我想要把它做通！我想要全部掌握它，穿透它！因为我爱它。

○

我真的在数学这个科目里获得了莫大的乐趣：关于结构、关于逻辑、关于因果、关于链条……

况且，只有我自己知道，我的征程还远远没有结束。"沙漠观测站"还遥不可及，我的手指还没有触摸到它。

高考，哼，高考那一场算什么呢？真的，只需要再多一点时间，我会是一个玩弄数学的绝世高手。我会在稿纸上徒手演算那些最本质的公式，推出惊世骇俗的结论，指导我的同行进一步深刻地看待宇宙的规律。我内心绝对坚信这一点。

可是已经没有任何证据可以拿出来了。

…………

我偷偷扣下了我初一时从图书馆借来的第一本天文学科普书。它出版于1979年，书页早已经发黄，封面字体狭长，封面图案是一幅蓝色的简易银河系的图画，能看清四个悬臂。薄薄的，就夹在我书柜的习题集里。

我认为，全钢城不可能有别人喜欢这本书，它又枯燥又难懂。只有我喜欢它，发自内心地爱它，爱它所代表的那个浩瀚无边的秘密。所以我把它带回了家。

我躺在床上，一遍又一遍地翻它，开普勒那章看了许多遍，几乎可以背下来。曾经有多少次，我对自己说，当一个开普勒就行了，就满足了。绝不再奢求其他。

然而，命运之舟在剧烈地摇晃。

我紧紧抓住船舷，被晃得头晕眼花，不愿被它抛下。

·

十四　什么，北京大学？

　　我至今都难以形容我拿到志愿表查看大学专业信息时的震惊：天文学，全国只有两所大学有，北京大学和南京大学。（而我从前以为，每所理工科大学都会有天文学，至少不会是两家，总得有别的十来所大学有这个专业吧。我要求根本不高，一所普通理工大学就可以了。我就完完全全满足了。）

　　附属震惊：原来北京大学就是北大。

　　而我所估的分，对着北大和南大，只能说是望洋兴叹，高山仰止。

　　我捏着笔，不甘心地查阅每一条信息，唯恐自己漏掉了哪一个名不见经传的大学，它也有天文学。没有。没有遗漏。就是北大和南大。而这么多年来，钢城从未有人考入过北大（清华时有）。多么陌生的一所大学啊。天啊。

　　两座高山矗立在我的征程路途之上。我对它们，完全无能为力。

　　即使转头去看看北航，分数线也远非我所能及。

　　那一天，我恍恍惚惚的，都要被自己气笑了：我为什么从来都没有想起来去问问老师，天文学到底是哪所大学有？我好像连目标都没有锚定啊。我怎么……怎么这样糊涂啊？

　　我这才突然意识到，我从未对任何一个人谈到过"沙漠观测站"！即使是我最好的朋友，即使在我们最亲密无间的

○

51

时候。

我从未与人分享过我生命中最珍贵的瑰宝。也就是说，我从未真正邀请过别人到我的灵魂深处看一看。我只愿意一个人居住其间。

沙漠观测站，它只存在于我的心灵之中，头脑的深处，牢牢地占据着我最爱的位置，只与我一个人发生爱的影响。我对它守口如瓶，多年如一日。

而我完全说不清楚，我为什么会这样。

我不可能就这样被击倒。

事情还有变通的余地吗？我激烈地思考着。

有的。众多科学家的故事像传送带那样，在我的脑子里绕着所有的障碍物跑过一遍。我很快就找到了第二条路——在可以选择的范围内，将第一志愿都填成数学系。天衣无缝！

只要刀口切向数学系，我一定可以继续走向我的观测站。开普勒不就是那样吗！第谷也是！所有的大科学家都是啊！名字太多太多了，不胜枚举！

按照这个思路，我很快填完了我的志愿表。几乎一水的数学系。

我的希望尤其集中寄托于"提前批"志愿上，在那里，我所选择的数学系正在焦灼不安地等待我的到来。

不能再有任何差错了。

通往沙漠的路越来越窄。

·

....

在学校等待估分的时候，教室门迟迟没有打开。

我和许多同学站在台阶上等着。

我感到自己是心平气和的，情绪是没有波澜的，真的。我和以往一样，安静地站在那里等待。晴空万里，树荫下并不太热。一切都和我往常熟悉的生活一模一样。

但这时，我感觉有鼻涕流出来。我难道又在什么地方出汗后吹了冷风？感冒了？

我顺手抹了两下。

鼻涕还在往下滴。

我往地上一看，十几颗血点散布在我的运动鞋旁边！

我又看看我的手，上面全是血。

鼻血缓慢而有节奏地，从我的鼻腔中汹涌而出，完全没有被我的意识捕捉到丝毫踪迹。

....

在那之后和在那之前，我都极少流鼻血。印象中，流鼻血最凶猛的，正是那天站在树荫下等待进教室估分。

对我而言，鼻血也是突然降临。它冷不防地出现。尽管它从我的身体而来，可是我完全没有不舒服，也理解不了我的身体那个时候为什么要从鼻腔往外喷血。

在鼻血流出来以后，我当然可以解释这件事情。但是，解释是后置的。在鼻血流下来之前，我对我身体内部的异动

○

没有任何感觉。我无法对我的身体做出任何预见性的判断。

我开始感到，那个被裹在身体里的我，和真正的我，是两个我。

第一个我，长什么样子，有什么样的情绪反应、脾气性格、爱恨情仇，全不由真正的我所控制。而真正的我，眼看着这一切发生，只能接受，尚无情绪，它还是一团模糊，没有模样。

所有的工作都做完了，我回到家里，等待最后的结果。

也就是说，等待命运的宣判。

十五 海水冰冷，海面无灯塔

照理说，我之前频繁拿到年级第二第三的成绩，大家不应该那么惊讶才对。但当大家知道我拿到第一之后，还是表示我大概是"走了狗屎运"（化学老师说的，我可记得他）。

我父母就首先表示出难以相信。

我记得那天下午我去公园里和住在附近的几个同学待了几个小时，看他们打扑克牌，在林间的小亭子里吹吹风。等我爬着楼梯回家的时候，大概是下午四点半。

我发现家中防盗门开着，父母正坐在门槛上。面色凝重。

我抬头看向他们。

"我们给你打电话查分了，你考了学校第一。"父亲说。表情好像在说一件古怪的事情，似乎电话查询台可能搞错了什么。"查询台的服务员祝贺了我们。"

我看向母亲，她的表情也很诧异。我虽然学习努力勤奋，但是考第一好像和我这个人应该没有任何关系才对——她以一种陌生的眼光看着我，好像不认识我。那种眼神一直延续到后来的许多年里。从此以后，母亲总是像在看一个外人那样看我，好像怎么也没有明白我为什么会如此。这个"如此"里包含了我整个人，我的性格、我的长相、我的喜好、我的习惯、我的这次"第一"、我后续的其他第一第二第三、我的种种奇怪的选择、我的沉默……

○

当然，连我自己也感到万分惊讶，我的数学考成那个样子……

"可是你的专业不太好啊，你为什么填了化学系？"父亲接着说。

我不敢相信这个事实！立刻又拨了一次查询台。

信息确凿：我果然被提前志愿录取了。一所师范大学（当时考虑到师范院校学费便宜而做的选择），但第一志愿数学系没有录上，而是被第二志愿化学录取了……

我几乎忘记了我为什么要这样选择第二志愿。使劲想，才依稀想起来我的考虑是，第二志愿选一个实用性强一点的吧，能够应用在现实生活中的。这个念头在我脑海中一闪而过，令我填写了那个十分陌生的专业，化学。

不过话又说回来，我对大部分专业都十分陌生。我只想进天文专业，还搞不清只有那两所大学才有……

我再次体验到了那种兜头砸来的"降临"。

命运之舟在波涛汹涌的大海中将我甩下船，海浪驮着我，运送到一座完全陌生的岛屿之上。

我之前整个生命为之而活的精神大厦坍塌了。它有一些预兆，从那场失败的数学考试开始，大厦底部的柱子开始出现裂痕，然后越裂越大，直到化为一片废墟。

事实确定之后，我才很清晰地意识到，我一点，一点也不想学化学，我对化学毫无兴趣，毫无感觉，我完全不爱它。

·

一点也不爱。一点也不。我的大学生涯即将始于一场完全硬生生捏合在一起的配对。一场天大的错位。不爱与不爱的强行捏合。

沙漠观测站。我已失去了它的坐标，感受不到它了。

我没有流一滴眼泪，单独在自己的小屋里的时候也没有。我哭不出来。

我只是每天晚上继续刷数学习题集。

○

十六　再见，家乡

我小时候很喜欢在我外婆家翻箱倒柜，搜罗过许多东西带回家：镊子、顶针、小镜子、大镜子、黑珍珠项链、风油精、龙虎膏……

我最喜欢的一套书，就是从外公的包里翻出来的，《江西省乡村民间故事集》。我完全搞不懂像我外公这样一个高炉炉前工人（站在出炉的橘红色的铁水前，用专门的模具套子给钢水来那么一下子，让它形成特定的形状），为什么会带着这样一套书回家。很大可能，也许这是某一年年终的奖品。

里面的故事我百看不厌，经常捧着一边看一边哈哈大笑。其中有一个故事我记得最深。

说是在那么一个村子里，一个农村妇女贪吃爱吃出了名。于是，村民们就想戏弄她一下。几个邻居骗她说，炸红薯丸子的时候，要脱光了衣服炸才香甜。她听了以后心里一动。有一天中午，真的把家里的门窗关上，脱光衣服，赤裸上身，在厨房里炸红薯丸子吃。红薯面团子放入油锅，少不了有很多油点迸到她的身上，痛得她吱哇乱叫，上蹿下跳。那几个坏蛋邻居在门外偷偷听着，笑得要死……

……………

外婆家每年过年都有很多那样的红薯丸子吃，母亲叫它们"敲敲圆子"。特别特别硬，牙口不好的人吃几个圆子一定会崩掉大牙。我每次都小心翼翼地托着一边腮帮子，用大牙找准油炸缝隙，那么咬下去。咬几次就散开了，再嚼起来香得不得了，口水可以盈满一嘴。在吃年夜饭之前，我就坐在板凳上，认真谨慎地吃这些油炸来的"敲敲圆子"。吃多了，我就知道，好吃的秘诀是，红薯粉和面粉混合之后，还要加入麻椒花椒八角和其他香料粉。根本不是脱了衣服去炸。

小时候和外婆睡的时候，总是要她讲故事来听。外婆总是讲同一个故事，"狼外婆吃小红帽"，她添油加醋了许多：狼外婆从拇指开始吃起，先吃第一个关节，嘎嘣嘎嘣，再吃第二个关节，嘎嘣嘎嘣……

"然后呢？"我问。

"正在恰哦，一个个恰嘛！"外婆说，她困得口齿已经不清晰了。

"然后呢！"我有点急了。

"哦，细崽要睡觉哦……狼外婆吃得好响哦，嘎嘣嘎嘣……"

故事情节迟迟没有进展，我的眼皮终于沉重，小孩要睡着了。

相同的套路我小舅舅也会：两只蚂蚁看到一块糖，就决定搬回家，搬啊，搬啊……

"舅舅，然后呢？"我问。

"别急啊，正在路上搬咧！"小舅舅的口齿也不清晰了。

我是外婆的"小主人"、"细崽"。天热的时候，外婆给我

○

打扇，扇着扇着停了，睡了过去，我会把她叫醒，"外婆外婆，快扇啊！"

"哦哦，扇。"外婆没有二话，继续扛着疲惫为我扇风。

外婆还带我回过乡下的老宅。木质的四合院落，中间是一个很大的天井。下了雨，天井里满满的都是水。我刷牙吐出来的牙膏白沫就浮在水上，跟着水波一上一下。

在我和外婆的相处之中，我是一个完整的人，一个彻底完成的"主体"，外婆的小霸王。我在父母那里未完成的"主体性"的建构、对自我的肯定和欣赏，都在外婆那里完成了。

在我长久以来的感觉之中，江西就是外婆，外婆就是江西。好像江西省选择了外婆为代表，将它默默无闻的包容和宠爱通过外婆表达了出来，让我借由外婆的"物性"，成为一个具有"主体性"的人。尽管她与我，并无血缘关系。

小学三年级的时候，外婆就已经开始正式准备寿衣，敲定了白事的流程。她说，衣服放在了老宅，料子买得不错，做工也很好，到时候穿上是很体面的，别人不会笑话。

她同时也积极地参与体育锻炼，强身健体，争取晚一点穿上那衣服。我知道每天早上她都会去小学部的操场跳扇子舞，就求她早上把我也带去。结果，外婆把我喊起来的时候，天还是黑的。我跑到客厅一看钟，才三点半！原来外婆和她那些姐妹要这么早起来锻炼身体！后来我再也没有跟她去晨练过了。

·

如果我早一点知道，其实我早就已经在生活之美中，我早就已经在生命的馈赠中，我会提前很多年感受到深层快乐的。

　　十七岁，我离开红土，离开钢城，离开一种天真的生活，离开弥漫着中药味道的外婆家，离开青色竹林图案的窗帘，离开土丘，走向另一种生活，走向我自己的命运。

　　直到后来，我才能清楚地看到，那个夏天，我脱下尘衣，披上灰袍，走向了那注定的，一个人的庙宇。

○

第二章　　前来指引的信使们

十七　内部的绞痛

日子还要继续过下去。大学还得读。

当列车驶向江汉平原时，我心中的期待（终于离开父母开始自己向往已久的大学生活），与绝望（失去"沙漠观测站"）交织在一起。期待是显性的，而绝望则被我深深地掩藏了起来，有时候连我自己都想不起来。但同时，在父母面前，流露出期待也是不合适的，那会惹来麻烦。所以，在七个小时的旅程中，我几乎一声没吭，于沉默中抵达了武汉。

我抬眼看向学校大门，水泥浇灌的，四五米高，八九米宽，上面的白漆已经随着时光的流逝呈现出灰黑色，墙裙上挂着一缕一缕的灰条，写着学校名字的几个字晦暗不明，底色已经看不清楚。

○

这校门，看样子已经很久很久没有人收拾过了。

我跟着迎新的师姐走上六楼的女生宿舍：房间在最西头，粗糙的灰色水泥地上延伸了好几条大裂缝，铁架子床摇起来丁零当啷直响，书桌窄小，上面布满刻痕，储物柜是在墙上掏出的四个大洞（门板上似乎还残留有几块干了的鼻屎）……

我头也不回地跑下楼去。

我跑啊跑啊，跑过小林子，跑过桂花小径，跑到图书馆，跑到喷泉旁。

母亲正坐在那边。

我对她说："妈，我想……退学。我们走吧。"

但我刚说完，父亲就拿着收费单走了过来："交完钱了。"

"学费都交完了……算了吧……"母亲抬头对我说。

中午准备去食堂吃饭。我拿着饭盒，站在四楼的转角处发呆。一位师姐走了过来，对我翻了一个白眼："你挡道了你没看见啊！"我一惊，赶紧向旁边挪了几步，让出道来。

午饭吃起来很古怪。菜煮得过度，看上去烂糟糟的，蒜薹明明看上去是绿色的，油汪汪的，吃起来却没有任何菜的味道，好像在嚼木头。

等我们从食堂回来，宿舍的锁被撬，大家都有钱财被盗。我放在枕头下的四百元现金被偷走了。我们报了警，警察来做了记录后只是交代，这几天人太杂了，一定要小心。

宿舍楼里，售卖各类衣服鞋子毛巾的推销员自由地穿梭

·

在楼层之间，敲响每一扇宿舍的门，一直到深夜。

…………

就这样，连那份对大学生活的期待，也渐渐消失了许多……

开学的第四天，军训的第三天。

已经熄灯。深夜里，我正在上铺睡觉。

就在我腹腔的中间，肋骨分叉的地方，身体深处的那个拳头大小的空间之内。

一股强烈的疼痛向我袭来。好像一把钝刀，在里面翻滚着，旋转着。又好像一只小手，在其中拽着拧着掐着。

我痛得立刻醒来，从上铺翻下，坐在书桌前，冷汗冒得汗流浃背。

最痛的时刻，我一度觉得就算是死了，也就是这样痛了。死亡——我的心中未曾被说出来的感受。

我确实已经差不多濒于死亡了。失去了"沙漠观测站"之后，我没想好我接下去的每一天该如何生活，并且，其实也意识到，我的人生不可挽回地走向了我根本不可能热爱的陌生。

我的身体似乎在替我完成杀死我自己的这个行动，因为我无法在现实中做到。

我想过无数种可能去解释我这延续了十年的剧烈胃痛。唯有这个解释，令我自己释然。十七岁那年，我离开了我的

○

精神生命，离开了我的信仰，茫然无措地生活在这个世界上，丧失了从前的快乐（无论是零食大王、流浪汉，还是沙漠观测站里的观测员），我感到一点也不幸福。我想要结束生命，但是却没有那么做。

在"沙漠观测站"消失之后，我之所以还能继续生活着，完全是因为我童年时期不受任何约束的流浪汉生活的余香（而这种生活，是由我的父母为我保障的）。

我在武汉生活得越久，就越深刻地意识到我是一个不折不扣的江西人：浮桥、西街、瞎子院、烧卖、炒粉、农田、夜里浇地的老伯、话梅、钢厂的高炉、香槟酒、孤寂图书馆、乡下农场、破败的庙、垒着红黄色土坯墙的表姐同学家、小河边的农家乐……我喜欢的一切，都在我的家乡。从饭菜到红土覆盖的农村，从外婆家墙根底下的野草地到路边的夹竹桃——我江西得这样彻底，这样执着，这样不知不觉。我虽然生活在武汉，生活在大学校园里，但是我好像并没有完全离开家乡。

信仰失去之后，我苟且了下来。身体却不允许。

疼痛夜夜侵袭我，提醒我，我一点也不高兴。

在大学里，我只是假装高兴，同时，假装活着。

十八　灯逐渐熄灭

我非常喜欢化学系的大楼。它是新盖的，外立面的瓷砖还雪白发亮着。

但它的设计可能有点问题——三楼以上，一条走廊贯通整栋楼，左右两侧是各类实验室。走廊被夹在中间，如果实验室的门不开，走廊就见不到一丁点阳光。

然而我特别喜欢这条走廊（在后来的阅读和写作工作中，只要我看到科幻小说中有关于实验室的描述，我的脑子里就立刻浮现出这条走廊）。手里拿着试管或者烧杯，缓缓走在这条走廊上时，我知道，我就自己，没有人盯着我看，四周也没有什么可供我看的。它阴暗、晦涩，呈环形结构，两头相隔遥远，走在其中，路途漫长，且不会被任何东西打扰（因为没有分岔的其他路）。它可以让人躲一躲。而且特别有某种科幻感，超越感。我觉得，许多科幻电影都应该拍一拍实验室里的这条隧道式的走廊。

我并不喜欢做实验，但是做起来以后还是很投入。有一次我们分头做一款黏合木板的胶水，做好后测试性能（把木板黏上后放在牛顿测力器上测量拉力），我的得分是最高的。

楼里的味道十分十分难闻，那是甲苯或者其他高危溶剂的味道（通风设备一定是有问题的，废水收集和处理也可能有很大的问题）。其他院系的人只要进了这栋楼，我感觉不出

○

半个小时一定会想要呕吐。

具体的实验过程中，危险无处不在：酒精喷灯可以快速加热到六百度以上，一个不留神就会把手腕子烫出血泡（我被烫过）；所有操作台面上的化学药品一定要记得清清楚楚，如果忘记了坩埚里装的是过氧化钠就着急拿到水龙头下去冲洗，就会引起爆炸（开学第一个月就出现了）；拿捏瓶盖的手法如果不对，手上沾了浓酸，又着急擦拭，过一会衣服上就会出现很多破洞，如果不注意摸了头发，就连枕巾都会被烧出破洞来……我们在一次又一次的错误操作中学习实验的流程和方法。

实验课有专门的指导老师。男性，胖乎乎的，极其黑，眼圈一周尤其黑得触目惊心。他只要一说话，嘴角两边就会鼓起口水沫，话越说越着急，口水沫越积越多，最终被他一口气舔进嘴巴里。说话的样子像一个小朋友，手舞足蹈，语气语调都显示出他可能从未出过校门独自谋生。他既不像神秘的炼金术师，也不像身经百战的化学高手。但他性情温和，嗓子嘶哑，几乎从不大声说话。

很遗憾，我没有从他那里学到什么……

除此之外，我也听不懂无机化学老师在说什么。因为他不会说普通话，只会说罗田话。在上课的头一个月，我几乎辨别不出来他到底有没有说过"电子云""轨道""分布"这几个词。他也脾气极好，总是微微笑着。他教了我们整整一年，以至于二十年后的今天，人群中只要有人开口说一句罗田话，我就能立刻辨别出来。

高数老师的授课语言是武汉话。教完我们，他就退休了。据说他是江苏人，但是一口武汉话说得非常地道，连武汉本地的同学都说完全听不出来他有什么外地口音。

我非常非常努力地学习高数。尽管老师多次强调，不必搞得那么深，考试不会考很难，只要掌握基础就好了。但我还是买来不少辅导书来刷题，第一学期末就考了一个满分。

这个成绩拿到以后，辅导员通知我们，交五万块钱，可以转到自己觉得合适的院系去。五万是一个天价。我在一次电话中简单地说了一下这个事情，父亲在电话那头微弱地说："还是算了吧……"

我对数学的学习热情跨过了拉格朗日方程和薛定谔方程，直到遇到矩阵，终于停下来了。我学不进去了。当我意识到如此的徒劳的学习终究什么也不能改变后，我终于决定放自己一马，也就是说，放下了成为一个数学高手的念头——在矩阵的这一头，对着我曾经热爱过并且寄予无限希望的学科挥了挥手，作了无声的告别。

最后一盏支撑我精神生命的灯熄灭了。我彻底落入了黑暗之中。

暑假我回到家中，晚上吃了一口冰西瓜之后，爆发了人生中有史以来最剧烈的一次胃痛。我到医院做胃镜，医生将

○

管子插入我的胃中，来来回回看了一遍，告诉我，没有具体的器质性病变，只能算成是神经性胃痉挛。

我无法相信这是一次痉挛……腹腔中的小刀换成了狼牙棒，日日夜夜在我的身体内部挥舞，那种难以忍受的疼痛怎么能用"痉挛"来概括呢？

那是我的自戕。那是我对生活的抗拒。

那是我被压抑下去的全部无奈。

十九　母亲：彼岸的欲望王国

其实，在我上大学离开家之后，母亲的下岗生活才算是真正地开始：屋子里，一个人，从早上到晚上。不出远门，只在楼下和邻居们聊天打牌……

母亲进入虚无之海。

她一周要给我打两到三次电话，如果我碰巧上课、去图书馆，或者出去散步，她就会守在电话机旁，每十分钟打一个，一直到我接上电话为止（在我放假回家后，母亲会在我洗澡的时候立刻翻我的书包，找出我的记录小本，把很多相邻宿舍的电话号码抄录下来，这样万一我们宿舍的电话打不通，她可以打别人宿舍的电话，乃至我读研以后，为了找我，打给我的导师……）。电话接通了，母亲对我有一个三连句：你在干吗，你刚才去哪里，你少花点钱。除此之外，电话里就是我与她的沉默。这样的电话一直持续到七年之后，我研究生毕业。

母亲焦灼地要找我，找到我后又无话可说，慢慢地，这样的焦灼就成了代表她的一个符号。

那一次，军训的队伍正好走到化学楼底下，五楼的学院行政办公室的窗户被推开，一个女老师探出头来："那个谁，在你们队伍里吗？有人找啊！"

我大吃一惊，没想到还有电话打到行政办公室去找我。

○

是出了什么大事吗！

我的心咚咚咚猛跳起来，赶紧跑进楼里去接电话。

哦，是我妈妈。这是我上大学以后接到的她的第一个电话，因为宿舍的电话还没有装上。三连句结束之后，我们陷入了沉默，家里并没有发生什么吓人的大事要通过打行政办公室的电话跟我说……

母亲在临走之前，把化学学院所有的行政电话都记录了下来（其中甚至可能包括校长热线之类的号码）。这样的事情，她在我工作后又干了一次。

又一次，我放假回家，吃过晚饭，因为在火车上站了七个小时，很疲惫，洗了澡就回房间睡觉。母亲不知道为什么，突然对我很不满意（很有可能因为我没和她说几句话就去睡觉了），她按捺不住内心汹涌的情绪，凌晨四点多时突然开始在她自己的床上骂起我来。而我又睡得很死，到了五点多才被她吵醒，认真听了好一会，才知道她骂的是我……骂了两个多小时，母亲把想要说的话来来回回说了几十遍，直到没有力气了，这才沉沉睡去，还打起了响亮的呼噜。她说她老失眠，这一回才算是睡好了。睡醒了之后，她愉快了许多，好像清晨什么事情都没有发生过一样。

我惧怕我的母亲。害怕跟她打交道。她越逼着我，要和我聊天，我就越不想和她聊。她要我和她一起在大床上睡觉，我也总是翻来翻去睡不着，最后还是回到自己的床上去睡。

·

父亲不知道怎么，好像从家庭中消失了。他甚至希望我顶替那个父亲的角色，全面地陪伴母亲，用甜言蜜语哄着母亲。"忍忍她，哄哄她，陪陪她。快去。"父亲对我说。

我想到母亲，就会感到她像一个坚硬的合金螺丝，要用电钻钻进我的手里脚里——暴力，隐藏在"絮叨"背后的语言暴力。每一句话都是对我的否定，对我的重新塑造——我感到自己在母亲的语言描绘之中，完全是一个恶棍。

母亲只是无聊了，像一个婴孩那样，能量充沛，同时很无聊。可是我无法化身曹雪芹，把大学里的事情编成八十回的精彩故事，日日讲给她听，逗她开心。更何况，她对每一件事情的反应，都是很古怪的，和母亲交流，是很困难的。我做不了她的闺蜜。

更重要的是，我的大学生活，是平静到枯寂的，几乎没有什么可说（那时的我还没有学会如何去描述那种生活）。

因此，我必须要说，在我考入大学之后，母亲令我十分十分痛苦。

她不允许我安静下来、一个人静静地待会。她那壶沸腾的开水，已经被煮得过分，开水四溅，烫伤了我的手脚。

母亲有两个欲望的王国。

第一个欲望王国是关于我。在那里，我既是口若悬河的天才说书人，一连讲几个小时的奇闻趣事都不觉得累，又是一个温柔体贴的孩子，能够瞬间体察一切母亲说不出来、无

○

法表达的情绪，加以最合适的安抚。我是女儿、儿子、厨师、保洁员、聊天高手、马戏团里的马、天上的星星、国家重点人才、未来的霸道总裁……（唯独不能是一个真正的人。）

第二个欲望王国是关于生活。在那里，生活是物质丰富的，人人笑脸相迎的，没有一点人际上的矛盾和纠纷，每个人都爱她，都认为她是最好的邻居、最好的亲戚、最好的朋友，每个人都能明白她的苦衷、理解她的情绪并且好好地安慰她。到处艳阳高照，处处都是和蔼的面容、和善的行为，没有人低沉消极，人人高声交谈，笑声朗朗（宛如春晚现场）。

欲望王国永远不可抵达。欲望王国越美好、越良善，母亲对她自己的认可就越强烈，对现实生活的指责就越频繁。支撑母亲活着的欲望王国决定了母亲只能是这样。她不会改变，也没有任何不自洽的地方。她是逻辑一致的。

需要寻找内心自洽、躲避炮弹的人，是我……

母亲扮演女王，而我扮演一切。

二十　大祭司

我黏着英子不放。她干什么我也干什么。我离不开她。我爱她。

我是外星人，我不会生活。但英子会。很会。

我们住在六楼的这三个女生宿舍，十二个人，组成了一个原始部落，英子就是部落的大祭司。她负责夜观天象，体察民情，安排一年四季干什么事情，别耽误了农时。

英子早起说，今天要出大太阳，赶紧起床，抢位置晒被子去！我们十二个人就都一骨碌爬起来，趁着别的宿舍还没醒过来抱着被子满校园找好地方。

英子说，在学校澡堂洗澡会把人冻感冒，得出去找地方洗！我们就跟着她，一个挨着一个走出东门，去寻找传说中的私人澡堂。

英子说，中午睡觉时间太长了，影响搞学习！我们就都听她的，中午不睡觉了，打着呵欠也要忍住上床睡觉的冲动。

英子说，在宿舍学不好，得和师兄师姐一样，找教室上自习！大家就都收拾收拾，背上书包，出去找座位，九点以后才回宿舍。

英子振臂一呼，所有人从善如流。

而我呢，我是英子的拖油瓶，她得带着我一起去找教室。

天好像总是热的，潮的。我们早早吃过晚饭，洗过头发，

○

背上书包，悠闲地从宿舍楼向外走，去寻找。去探险。

哪里还有我们没去过的教室？哪里在上一些很奇怪的课？哪里有一些陌生的学生？走走走，都去看看！

桂花小径，枝头低垂，桂花偶尔与头发交缠在一起，香，也很浪漫。但是我们偏不走那里，我们就要走旁边没有灯照的黑黢黢的小树林子！

"唔！——"竹笛协会的人坐在林子中间的石凳上练习，嘶哑的声音把我们吓一跳。

我们赶紧离他远一点，继续往林子深处走去。

如果去教学楼要翻山越岭，那真的太好了，我们就喜欢翻山越岭去搞学习。

黑黢黢的小路总有个头，我们从林子里探出头来，看到了新建的两栋漂亮的教学楼。我们就要去新教室上自习，老的没意思。

走过花纹复杂、光可鉴人的奢华大堂，我们一间一间教室巡逻过去。

哇，后座的这两人在拉手！估计很快就要亲嘴了。等一等看看。

这位大哥在看什么书？肯定不是教科书，也许是什么不正经的书！否则他为什么那么偷偷摸摸还聚精会神的？

这里有帅哥！就坐在帅哥后面看会书好了。

啊，帅哥脚臭，换换换！

·

这个老师在讲什么啊，一句也听不懂。

想喝水，想撒尿，这个椅子好硬。

啊，外面的夜色真美……

看了不知道有没有十分钟的书，大祭司大手一挥，眼神一挑，我就跟着她继续慢悠悠地回宿舍了。

其实化学系的课业很繁重（大部分时候忙得眼圈焦黑），但我跟着英子混，总是偶尔能有这样的好时候。最诗情画意的夏日夜晚。

寒冬腊月，我们要出门去洗澡，头发已经黏腻，后背也有些痒。

出东门一直往东。目不斜视，走过桂林米粉，走过潼关肉夹馍，走过青海拉面馆，继续往东。这些好东西都是留着洗完澡饿得快虚脱的时候吃的。

走到一家小小超市的右边，往里，是一条窄巷子。

远远地，就能闻到烧煤煮大灶发出的闷热的气味：发酸，可能是尿骚味。

进了巷子再走几步就是澡堂老板围起来的大院子。

院子靠里，满满当当摞了一大堆煤。一位老师傅正挥舞着铁铲，不停地往炉灶里添煤。

澡堂里面不时传来喊声：

"老板太烫啦！少加点煤呀！"

"老板，冷死啦！赶紧烧旺一点，要感冒啦！"

○

79

"欸欸，晓得了！"老板娘忙着应着，来往奔波操持：搬矿泉水、可乐、方便面，扫地拖地，收拾垃圾。

我洗澡的时候不想那么多了，也不想死亡的事情，也不想未来的事情，也不想实验的事情，就是在雾气腾腾的小单间里单纯地搓洗自己。

我经常洗着洗着就开始唱歌。不知道为什么每次唱的都是周蕙的《约定》，高音拔上去很不容易，但就是想唱。后来我才发现，哦，原来路过一家磁带店，里面天天都在播《约定》，被暗示了……真是的，为什么不放调子低一点的歌，比如蔡琴什么的。

英子洗得慢，我洗得快，湿漉漉地穿好衣服，在小小的门厅里等她。

来来往往的都是学生。在镜子前梳洗好头发，用吹风机吹头，有的男生洗完之后热得满脸通红，穿着拖鞋就走进武汉的降冬。

我昏昏欲睡，怎么睡也不够。扛着睡意等，英子出来了。她洗完之后一身畅快，脊背挺得笔直，下巴冲我一勾："走！吃东西去！"

出门吹点冷风，不再困了。只剩下饿。

外面的馆子真是比学校食堂好吃啊。一份拉面，色香味俱全，我吃了一碗下肚，意犹未尽，还想再吃肉夹馍，再吃烤红薯，再吃羊肉串……

·

80

英子吃饭好像慢动作，细嚼慢咽，从容不迫，才不会狼吞虎咽。大祭司再饿也扛得住，能与饥饿较量，全面获胜。

我用食物把自己填得满满当当，却还觉得肚子正中间空了一个大洞，饥饿灼烧胃壁，令人坐立难安。

英子在一个薄薄的作业本上记账，记得非常仔细。所以虽然她的生活费和我差不多，却总能把日子过得有声有色。比如为了洗澡出门吃了顿好的，接下来两天英子就吃馒头蘸辣椒酱，不去食堂花钱。省下的钱她可以参加别的同学聚会，从容体面地付掉自己的那份账。从家里带来的辣椒酱，她每次只吃一点点，可以吃到学期末快回家。我不行，我带来的东西要么被遗忘在某个角落（有一回，一挂香蕉被我忘在行李箱里，直到两个月后衣柜发出异样的气味），要么被瞬间吃完，没有中间状态……

没有英子，我活不成。跟着英子混，日子是井然有序的，每一个月、每一周都有着严格的计划，日子踏实稳妥。按部就班。

⋯⋯⋯⋯⋯⋯

我慌慌张张地从战场上跑过，被轰炸得灰头土脸，衣衫褴褛，好不容易跑到一处防空洞，英子把我拽下来，躲起来，帮我把剧烈的心跳平复，让我的呼吸不再急促。

如果没有英子，我可能不得不变得更坚强。有了英子，我倍感生活的温暖。坚强是很重要的，一个人如果自己坚强，

○

他将无可摧毁，死了，也是顶天立地的一条好汉。可是在这里，我选择温暖。

因为一个人如果后来能变得十分坚强，那还是因为他感受过很多温暖。

二十一 互联网来了，首先就是 QQ

起先，我给很多人写信：天南海北已经考上的，留在家乡复读的。

以尽量客观平静的语调，我们彼此介绍着自己全新的大学生活，都同时发现了所谓的青春生活和以前并没有太大的不同：枯燥，乏味，平静如水和考试压力混合在一起。多了一点点自由，但基本都用来睡觉和打牌。

接到信的心情是极度愉快的。信由文字构成，而文字有魔力，文字组成的介绍和陈述，有无穷无尽的滋味。

兰就多次说过，她只要听见有人说有她的信，就会飞快地跑过去拿到手上，浑身从头顶到脚趾都感到幸福洋溢。尤其是见到我的信，她就想到我又要和她说一些有意思的事情，和她共享情感上的点滴，她就更加迫不及待地想要立刻打开来看。

我也有相同的感觉，比如说中午下课时如果同时收到了好几封信，而下午第一节课又恰好轮空时，那个美好的午后时光，就是充实而愉悦的。那种心中甜甜的滋味，比我们在暑假期间天天见面聊天还要浓厚许多。

我会专门腾出一个晚上的时间用来写回信。

那时，周遭人说话，来回走动，我都没感觉了。

我写啊写啊，怎么写也写不腻，怎么写也无法表达自己。

○

怎么写，我自己仍然是朦胧的、模糊的，我不是身处夜雾之中，我就是夜雾本身。

其实我根本无法言说我自己，真正的我和正在活着的我，相距遥远，从未见过面。

但我还是忍不住写了又写。只是没有一个句子具有黄金的分量，足以令我自己从朦胧中坠落，具有形体。

痛苦丝毫没有减轻，而书写的动作一直在持续……

没几个月，新东西出现了。

有同学花大价钱买了电脑，装了游戏软件，下载了OICQ。

到了大一快要结束的时候，大家的信件量都大为减少，书面的信，由OICQ软件全面取代了。

大家先是上计算机课的时候聊："OICQ搞起来，快点快点！"

鞋套还正穿着呢，手快的已经开了机，鼠标放在了那个小小企鹅图标上。

然后是周末的时候聊。路上如果看到有人急匆匆地、孤独地向校外走，那很有可能是因为他要去网吧聊一些令他完全不孤独的，相反是激动的、快乐的东西。

最后发展到去网吧通宵包夜聊。因为包夜有十个小时，算下来的费用最低。

十九岁的青春已开始自主地寻找同路人。我还浑然不觉。

大祭司唯一一次略有失算，就是带领大家去包夜上网。

·

那一次我没去，因为我的身体早就在高考后垮得差不多了。

晚上九点半，她们准备出发了。我穿着舒服的睡衣，在英子的宿舍流连忘返，看她们收拾东西：水杯里灌上热水，300电话卡已经打出去好些电话，通知远方的同学们今晚QQ（由OICQ改名而来）上见，带上一件厚外套方便中途睡一小会，纸和笔记本放进书包（上面记录了好多口耳相传的好网站，这个晚上必须看个过瘾）……

我们在走廊上挥手告别，大祭司像带领着一个小分队出去打夜战。豪迈。

她们分散着从两边的走廊走下去，尽量表现得若无其事，以躲避宿管阿姨的监督和追问。

我从窗户上向外看。她们成功了。

路灯下，她们的影向东门进军。那里，有我们的青春花园。

清晨六点半，大祭司带领夜行小分队回来了。我大吃一惊。所有人面色焦黑，大祭司的脸好像卸了一晚上的煤，土黄混合黢黑，已经是病态。

没来得及聊什么，她们就虚弱地去补觉了。大一那一年，所有人都刚从高中三年的艰苦生活中逃出来，没有一个健壮的少女。其实每个人都奄奄一息。

我每上一次QQ，都好像要经历一次黏合与分离。

○

每一次随机加的十来个陌生人里，总有一两个有趣的。我们到底聊了些什么？打招呼，嘘寒问暖，发网络笑话，发自己喜欢的文章、喜欢的歌，诉说心事……QQ对话框里其实就是一行字两行字，终究还是文字里所具有的魅力令我们彼此被打动……短短两个小时已经如同密友。

但两个小时过去，我们纷纷到了要下线的时候。此起彼伏的"886"滴滴答答响起来。我感到恋恋不舍，但我连"886"都不发，以沉默代表告别。

有一次我终于忍不住，对一个人发去信息："再聊会吧……我线上这会正好没有好友……"

对方发来笑脸，问我："为什么？"

我说："没有为什么，就是……再发点什么笑话吧。"

对方好脾气地应付了几句之后，我突然意识到，在告别之后说的话，都成了煮过头的白菜，无法下咽了……

我很快向他告辞，下线。

我还渴望友谊，渴望网络笑话，渴望和朋友们聚在一起，渴望某种偏爱。

虽然我那时远非文采斐然，但是我仍迫切地想要和他人诉说，用词语将我和他人连接在一起，铸造起友谊的小屋。

我十八岁。还误以为长大以后绝不会孤独。

并且以为世界向我敞开。

·

二十二　钱与红尘

大一，我先是花 1600 元报了一个初级德语的辅导班。

广告就贴在去开水房的路上。那面广告墙上厚厚的十几层，全部都是各类辅导班、个人置换信息、房屋出租等等。德语辅导班的广告纸 A4 大小，一连排贴了十几张。

周六上课，教材自买。

高考仅仅结束大半年，我就已经忘记了很多事情。好像大脑被痛击过，丢掉了很多记忆。

德国，德国。我看到广告的时候，立刻想到，我想去德国看看。2006 年有德国世界杯，那是六年之后的事情，说不定那个时候我很有钱了，我买得起去德国的机票。但我已经无法说明清晰的原因了，好像大脑活性被抑制了。

我立刻掏钱报了辅导班，完全不顾及母亲可能因此骂我多少次，狂风暴雨将会有多么猛烈。

直到我借助这篇文稿，才赫然发现，事情还是和我小时候看的那一幕电视剧里的情景有关，还是和我的理想有关。

……德国，柏林，女孩在细雨中枯坐。心中怀着刚刚拿到的外星人情报……

……暴雨将至，天色阴沉，乌云灰黑，雨雾模糊……

那部德国电视剧的情景在我心中潜藏了八年，再次出现了。

○

极其强烈的情感绕了几个弯，拐来拐去，到了广告墙前，就变成了那个莫名其妙的、不由分说的意志：我要学德语。

我仍然深深爱着我的那个"沙漠观测站"。那个只属于我的小小地方。我就该做那样的事情，我与那个坐在雨丝下的德国女孩，就该是同一类人——我没有完成这强烈的召唤所指引我去做的事情，但我那强烈的爱仍需要发泄与表达，纵使我知道学习德语终究是一场徒劳。

消耗了这样大的一笔钱，我得出去搞点钱补贴生活。

每周日早上，我先走二十多分钟，走到校门口，等一趟耗时悠长的公交车（两个小时），去汉口的一户单亲妈妈家庭给一个乖巧可爱的女孩子辅导中考数理化。

公交车要停的站很多，但它迟早会开上武汉长江大桥，开往熙熙攘攘的汉口，开过解放大道，开向我的目的地：一条窄小的巷子。

辅导两个小时，收费25元。这是一个单亲妈妈可以负担得起的。

这是我教的第一个学生。非常听话，长得白白净净的，从不大声说话。每次我到她家，她已经提前把桌子摆好，收拾好，作业和课本码出来，安安静静地等着我。

第一次带学生，我教得又快又急，唯恐她学的东西太少。她很少表示反对意见，问她听懂没有，她通常都是点点头，只有遇到极少的难题时，她才摇摇头，几乎从来没有说过"这

·

个实在不会……"这样的话。

她妈妈长得高大，行动麻利，走路风风火火，家里收拾得干净整洁。她从来不对我提什么具体的要求，只用眼神担心地看看她姑娘，又看看我。我每次额外多讲十五分钟后，就告辞。她问一句姑娘："懂了冇？"

女孩点点头。

这位妈妈就礼貌地将我送到门口，与我再见。

家教都是现场付款，我揣着二十五元离开这条窄巷子，心里重重地松了口气。轻松，而且愉快。

这个时候等待公交车，心情就完全不同了，我期待着再一次驶上长江大桥，并且提醒自己，好好看看长江吧！看看江面上停泊的大黑船，吹吹黏腻的江风，好好记住这样的时刻吧！

走进校门，我会去小超市里立刻买一根巧克力雪糕吃。好像每次都这样。"零食大王"嘛，就是这样啦。

一个学期过去，乖孩子考上了高中，我又换到另外一家教一个还在读小学的胖乎乎的小男孩，这一次是英语。

这一家离学校比较近，住在光谷，华中科技大学附近。

孩子的父母都在建筑设计局工作，家庭条件比汉口的小姑娘好许多。家中面积宽敞，全实木装修。

男孩很爱讲话，会从学校里的同学老师，讲到自己喜欢的玩具，想要从事的工作。预热很久之后，才能正式进入学

○

习阶段。我仍旧担心他一次学得太少，拼命讲了好多，男孩红润润的嘴唇饱满晶莹，跟着我一起读英文单词的时候，非常可爱。

每次从他家出来，我都感到从一场富贵温柔梦里醒过来似的：武汉已经有人家如此富裕了，如果不是真的去他家看过，真难以相信……

男孩进入六年级，要准备小升初，英语课程顺利结束。我接了第三份工作，给一个高三的学生辅导数理化。

这一家更加富裕，房内上下两层，处处金碧辉煌。座椅沙发双人床都由乳白色真皮装饰，实木地板呈现酒红色的光泽。屋内熏香，闻久了，眼皮沉重，非常困倦。

第一次课程结束，我与男孩母亲告辞，沿着水果湖散步，准备这样一边欣赏，一边慢悠悠地走回学校。正是春意盎然的时节，到处暖洋洋的。

一辆黑色的宝马（如果我没有记错的话）停在我旁边，车窗摇下，一位男子探头说："老师呀，我送你回学校吧。"

我看了看他，感到几乎从未见过他。

"不用啦，我自己走一走就可以了，前面就是公交车站。"我说。

"别客气啊！我是那个谁的爸爸呀，刚才忙，没顾得上送你出门。这会我正好顺路，搭你一脚。"

我犹豫一会，上了车。男孩的妈妈是学校老师，面试的时候还专门在学校操场上见的面，这令这辆车的安全系数增加了一点。

司机在前方开车，我坐在后排，笔直，僵硬。孩子爸爸坐在副驾驶。我想这个爸爸也许有什么教学上的事情要交代我吧，比如孩子大了不好管了，一定要严格要求之类的。

没想到孩子爸爸开口说："周末我去上海出差，老师和我一起去吧！"

我大脑短路：这是什么意思？？？我没懂……我根本不认识他。

随后才飞速旋转：哦，我遇到了传说的"那个"吧。

"呃，是这样的，我要上课哈，我们课程特别紧。"我说。确实如此，真心话。

孩子爸爸客套了几句，再也没有重复询问。后来他果然说话算话，把我送到了校门口，而不是半路找借口请我下车（那样更好），更没有汽车一拐，拐向类型小说里通常出现的……情节道路上去……我安然无恙地到了宿舍。

第二天，女老师就通知我不必再去她家上课了，随后将费用当面给了我（本来说好了要月结）。

武汉。

武汉这座城市，我从来没有读懂过。它和我的家乡完全不同：贫富差距如此之大，人的行为和电影中小说中出现的情节差不多，回想起来觉得有点好笑。一种冒冒失失的假装

○

91

和模仿……湖北省是一个农业大省（当时），武汉人却时髦得和纽约人（我在电视电影上看的）差不多。他们中的富裕阶层，那么志得意满，快乐张扬，将武汉话旋转在喉咙深处，说得魅力四射，自信满满，这里面有一种暗暗的黑色幽默似的……

当我在武汉生活的时候，我觉得我好像生活在某一部电影里。摩登，时尚，而无根。

后来我不再做家教，也不再找别的兼职。体能进一步被耗尽，已经不能在武汉三镇跑一天回学校还能解薛定谔方程了。

我决心不再为小利而奔波，而把时间全部投入到更有意义的事情上去。

对于红尘男女的种种所见所闻，我的初印象是错愕。

为它的浑浊。

二十三 走向阅读，走向救赎

往事披上时间的外套，在此刻看来，就很像是一个陌生的客体。

好像我正在讲述的是与己无关的事情，正在描述一个普通青年的过去。那其中的煎熬和苦痛都不见了，语言抚平了伤痕，过去已然模糊。我只能记得痛楚这个结果，而不再能身临其境地去体会当时到底有多么辗转反侧。

一切走向结果，时光流逝，过往的许多坎坷已经在心中磨平了。

回望成了平静的唏嘘。

但我仍旧要努力回到"那时"，要说出这样一个事实，我当时所经历的，实际上是一场"休克"，一次精神生命的死亡。

也许在很多"80 后"的设想中，都曾经想过要当一名科技工作者乃至科学家，在漫长的时光中，我不知道他们如何轻而易举地就克服了这个想法无法实现带来的沮丧。因为在我看来，这个梦想的幻灭，与我在某种意义上的部分死亡，是同义词。

我不仅仅是设想而已。在那小小的钢城，我曾经孤独地、付出一切地去追求这个目标，没有对任何一个人说起过，而且得到了还不错的结果（如果我没有拿到第一，我的幻灭就不会那样彻底）。

○

我好像真的就要接近那个结果了……知道成绩的那个短暂的、刹那的瞬间，是多么激动人心……我的心跳几乎快要停止，以为自己离沙漠观测站更近了一步……以为命运终究是把我带向了那条唯一的道路……

我也多次鼓起勇气，对自己说，把化学学到底吧，一样可以的。

但化学专业这门实验学科，我迟迟没有找到真正的入门方法（否则的话我会有信心一直坚持读下去，读到博士、博士后）。我没有信心我能掌握这门学科，并以坚定的意志、（更重要的）无穷的爱意将它作为我的终生职业。究其原因，是因为在我的认识之中，在化学学院大楼长期的熏染之下，我认为这个学科充满了污染和变异……总是听说老师在操作实验的过程中中毒住院（比如天天教我们的、皮肤雪白的有机化学老师一夜之间掉光了全部头发，这使得我对他五十岁了还皮肤雪白这件事情有了某种不好的猜测）……

我实在是爱不起来。

化学学科绝没有天文学的幽远、神秘、接近纯粹、接近永恒。

于是，就在那两年里，我意识到我坠入生命丢失目标的失重里，在死亡的边缘徘徊。但我没有这个胆量真的去想这件事情，而是转而把它压抑进意识和无意识的夹缝里——我有所感觉，但是我不敢细想。

.

替我细想的，是时不时就要剧烈发作的、置我于死地的胃痛。

我没有机会重回钢城再来一次高考，因此我转而想象，干脆吧，叫生命重新来一次。如果仅仅是如此苟延残喘地活下去，那有什么意思呢？

我感受到，我此生生命正在走向穷途末路，这和死亡无异。

无论如何，命运就是没有顺水推舟，令我此生安住在"沙漠观测站"，尽管它的暗示是那么地强。

多奇怪啊，命运突然拐弯，重新安排了我要做的事情——不得耽误，不得有误，不得延误。

…………

我在钢城图书馆看过很多很多稀奇古怪的书。图书馆总是寂静无人，那个时候我以为全钢城只有我在看那些书，那些书如果不是遇到了我，将永远孤寂下去。

我在外国文学馆那里借到过一本卡夫卡的《致父亲》。我反复阅读，为卡夫卡写出了我对母亲的真正感受而战栗，认为卡夫卡是我的知音，并由此看了另外两本卡夫卡的传记，将他写给两任未婚妻的诀别信也看过许多遍。那个时候我还不知道他在世界文坛的分量，只觉得他是我私人阅读中的一个寂寂无名的作者。我与他惺惺相惜，彼此深度了解。我非常喜欢这种私人所属关系，因此同样地，从未对朋友们谈论

○

过卡夫卡。

　　我还看过一本《上古历史考》，里面详细讲述了三皇五帝的故事。我对其中许由洗耳朵的故事印象深刻（听到尧让位给自己而感到耳朵受到了污染），因为书中绘声绘色地讲述了许由是怎么蹲下来，把袖子裤子卷起来，掬水洗耳朵，而且还不许下游的牛喝他洗了耳朵以后的水……我看了之后哈哈大笑，多次想在洗脸的时候也那么洗一下我的耳朵来着……

　　除了图书馆，钢城还有一家新华书店（只有这一家）。

　　就在公园旁边。从公园东门一直向东走，走个二十分钟，就可以看见它红色的门头。工作稳定的时候，母亲舍得给我买书，我将有限的购书经费都用来买小说了。看上去越厚越好，里面的字越密越好。这样追逐极致性价比的结果是，有一天我买了一本《白痴》回来，作者名字叫陀思妥耶夫斯基，从来没听说过。

　　从高一到高三，乃至我上大学时放假回来，阅读《白痴》这部小说都是我最为依赖的、最感到温暖的生活内容。我把它的故事看了一遍又一遍，从感觉"神经病啊，这是在干吗呀"，到慢慢地看进去了，对里面的人有了遥远的理解（抛弃了前面累赘的前言介绍）：陀思妥耶夫斯基的每一部重量级小说，男主人公都是来到人间经受百般锉磨的肉身版耶稣，他们经受一切苦难和人间的不堪，只为了拷问教义是否真的可以在现实生活中实现。用一句话概括，就是在讨论，善良是

·

否是可能的。

这部小说写得如此甜美，令我每一次读，都忍不住要读到半夜。（或者说，我后来认为，陀思妥耶夫斯基的每一部小说都有甜美的深层底子，令读者的阅读体验极为流畅，从他的处女作《穷人》开始就是如此。）

⋯⋯⋯⋯

我这样概括我在家乡的生活一点也不过分：我只干两件事情，第一件就是为了去沙漠观测站而努力，第二件就是躺在床上看小说。

如果我的第一个梦想实现了，那么我的后半生的生活就会是这样：工作时间在沙漠观测站监测宇宙的一举一动，闲暇时间躺在床上看小说。

在家乡，冰冷刺骨的冬天我是这样熬过去的：穿上厚厚的衣服和高筒套鞋，打着伞（总是下雨），在晚上九点图书馆关门之前去那里借本书，再独自走回家，洗脚洗手。带着热气钻到冰凉的被窝里，拧亮台灯，看一晚上的书，直到困得不行必须睡了为止。这样一来，寒冷会自动退却，故事带来的蜜香将充盈心间。

在武汉，我重新开始看小说。

先是从学校图书馆开始，看看有没有我喜欢的。

图书馆我去过很多很多次，但它和钢城那栋几乎专门为我盖的图书馆差距实在太大了：每一层都有厕所，但不知为何

○

厕所的卫生清理始终不好，屎尿的味道弥漫着整栋四层建筑，令人无法呼吸；也许是困于经费，新书极少极少，六七十年代的旧书安安静静地摆满了书架，书页上满是虫卵和灰尘……

我总是找不到能令我产生阅读兴趣的书，真奇怪，每次我都抱着一定要找几本好书回去读个痛快的心思去图书馆，待不到十分钟，就想要拉屎……真是见鬼了！（我后来看到一种说法，过于陈旧的纸张会呈现出浓厚的原始森林的味道，而人类的本能就是必须在原始森林里来一泡大的……说得很有道理……）

不要紧，无所谓。

到处都是租书屋！

花点钱就行，还不贵。

我，花花公子，在被家庭冷落之后总有办法去花街柳巷！

"学子超市"，卖花生瓜子爆米花小饼干的柜台旁边就是一间十平方米的租书屋！我多少生活费都花在这里了，零食加小说，一条龙服务：全套亦舒、部分卫斯理、部分张小娴、全套池莉、部分湖北省作家选集、全套莫言、部分苏童、部分贾平凹……

在那里，《丰乳肥臀》摆在书架的正中央，来来往往买花生瓜子的学生都能看到，醒目得很。也许这是老板招揽生意的一个法宝。我感觉自己在此之前好像不认识"丰乳肥臀"这四个字似的……站在书架前，我一次又一次地盯着这四个字和封面驻足观看，感到这四个字本身过于直白显露、过于性感夺目，使得我对这本书丧失了兴趣。我担心它实际上是某种地摊文学的变形，担心付出一块五毛钱去看不值得。

第二排和第三排是亦舒的作品集，林林总总加起来能有五六十本。我很惊叹亦舒竟然有如此的体能，创作速度竟然这么快。不过看进去后我就发现，亦舒的故事总是干巴巴的，后期的故事更类似于某种世俗生活的说教，乏味得很。但前期，我看了几本印象很好，也许是因为故事确实写得不错，也许是因为那是我最开始看她，新鲜感还在。我最喜欢她写的《我们不是天使》。故事讲述了一对姐妹倔强的、好强的、相依为命的生活。后半段仍旧是亦舒钟爱的不由分说的说教类生活经验，但那前半段，写香港层层垒叠的贫民窟、拥挤潮湿的陋屋、邻居间纠缠多年的交情、半妖似的苍老婆婆、贫寒的少年生活、在家中独自生产的舞女母亲、咯噔咯噔响的阁楼……写得是那么的好！她寥寥几笔，就令我好像回到了1970年代的香港。我仿佛走进那情景，眼睁睁看着美丽的女孩男孩遭受生活无言的折磨，还假装不以为意，假装早已经习惯并且征服了苦难——在亦舒前期的作品里，她总是不经意间地挥洒自己这种描摹现实的从容笔力，写得轻松，还有诗意。我后来学习文学理论时，时常想到，亦舒如果好好写，她的作品是具有诗意的。可惜她着急，写到中段以后就迫不及待地要收尾，因为她毫不掩饰地多次宣称过她要赚钱。

○

我将亦舒的书看了个遍，逐渐发现她越来越没有耐心去描摹，也越来越懒于写诗，故事渐渐地成了"洗衣机说明书"……从此便看得少了。

还有一家宝藏租书屋，在西门。

西门菜市场里有一排商铺，一楼是理发烫发卖雪花膏，上了窄楼梯，二楼就是这家书铺。那里出租很多严歌苓的和其他我在钢城就看过的女性作家的书——书店主人特别偏向于出租女性作家的作品，和学子超市里大部分都是男性作家作品的格调大大不同。我也是那里的常客。日常看店的总是老板娘，带着一个刚学会走路、嘴巴长得像个小气球的娃娃。

她常常就在门口架一个铁锅，炒两个菜，电饭锅也在门口，抱着海碗就蹲在门口吃，动不动就追着小娃娃喂饭。我对她的印象就总是嘴巴油油的，脸色因吃了辣椒有些泛红——热热火火、热热闹闹过日子的样子。

因为她，我发自内心地觉得毕业了开一家这样的租书屋就很幸福了。这是我自"沙漠观测站"之后，为自己真心考虑过的第二份工作。

谁知道时代剧变，互联网技术席卷一切。还没等我本科毕业，就再也找不到那样的租书屋了。

我成天看小说。在看小说这件事情上付出了所有的业余时间和零花钱。

我没有目标，没有旨归，没有说我以后一定要去文学杂

·

志社，一定要勇闯文学圈……没有，什么都没有。除了毕业以后想当一个书屋老板赚点钱过完一辈子之外，我不想别的。

　　我就是阅读罢了。读完这个故事，再读那个故事，在这个世界里待几天，再去那个世界待几天。

　　小说世界就是我最熟悉、最温暖的老巢。

　　我不喜欢现实世界，心中难受，躲回老巢。

　　仅此而已。

○

二十四　我无比眷恋的

大一学年结束，我拿到了一等奖学金。随后我踏上拥挤的火车，站足七个小时，回到了钢城。

我心中老想着钢城，因此一说到坐火车回家，心中总是不自觉地升起愉快，当然还混杂着诸多小小的期待：好吃的饭菜（母亲一定会大大准备一番），痛快地洗澡，与同学朋友们长时间聊天，等等。

我直到很久以后才意识到这样一点：在很长时间里，"回家"两个字在我心中升腾起的温暖和甜蜜实际上分为两个部分。一部分是回到生我养我的钢城，这座骑个自行车一小时就能转完的小小工业城市，这座在厂区附近、居民区附近还见缝插针地种了许多丝瓜南瓜苦瓜白菜红萝卜的江西小城；一部分是回到父母身边，为我精心做菜炖汤的，但也是日日责骂我的父母。

这两部分的希冀都在"回家"的范畴之内，它们混杂在一起，起初令我难以分辨。随着父母越来越严苛和狂乱，带给我的痛苦越来越大，我渐渐地害怕那个具体的代表着家的小屋子，而对于返回钢城却从未觉得热情消减过。

在我稀里糊涂倍感痛苦的学生生涯中，尽管每次回家都是一场精神上的酷刑，但我仍然对回家抱有很热切的期待和幻想，有时候令我自己都感到惊讶。

·

为什么非得回去呢？为什么要回去忍受酷刑呢？就不能找个借口干点别的工作吗？就不能提前选择个项目组躲起来吗？就不能说要在外面赚钱吗？——不能。

除了母亲会以疯狂的电话轰炸我，逼迫我回家，否则就要闹个你死我活、天翻地覆之外，更多的是因为，我还想念着我那小小的、粗糙的、总是泛着铁屑灰的家乡。

人对于自己家乡的感情真是难以言明。我既不会说当地土语（有好几种），也不太说钢城变形的、尖锐的、夹杂了许多上海方言的普通话，但是我一踏上自己家乡的土地，就会觉得全身放松自在，好像自己随时随地就可以如此安放下来。

我毕业后有许多年没有回过钢城，乃至钢城对我来说已经有些陌生。我后来才知道自己是在躲避什么——我躲避的是父母狂乱的无端的指责，而从未有过一天是在躲避那沉默无言的家乡。

我爱着我的家乡，从来没有因为外界的冷嘲热讽而对家乡产生过一丝怨恨。我的家乡，就像外婆家透着膏药味的老屋，西湖图案的窗帘在午后微微飘动，就像表哥无言地带我一起捉蚂蚱，就像表姐领着我去同学家探望那样，始终是温和的、沉默的、浅浅微笑着的。

山上有一树又一树的杜鹃花，开着娇嫩的花朵，被人摘了也就摘了；河边有一片片的林子，后生们闹了也就闹了；河水终日流淌，这个省不再是货运枢纽，不是也就不是了，没

○

有愤恨。

在我的心目中，我的家乡是一个不愤恨的城市，外界的喧闹好像都不会影响它，它始终是淡淡的，羞涩的。

我的骨，我的血，已在深处与我的家乡深深地、紧密地联系在了一起，这是一个确凿的事情。也是我经过多年感受和思考得出的结论。

自从认识到这一点以后，我变得柔和多了。

二十五　坚强

从第二年开始，我很会过日子了。

一个星期洗一次澡，用洗衣粉洗衣服，找个光照条件良好的地方晒衣服，冬天盖厚被子、夏天换成薄被子，吃了肉夹馍就不再去食堂吃饭……

日子是如此庸常，不费劲，好像可以就这样过一辈子。

生活像是假的。

我学着人类（主要就是英子）的样子活着，吃一日三餐，白天上学、晚上睡觉。我好像在玩一款电子游戏，我的真我迷失在这游戏之中，原本敲击键盘的手逐渐探进游戏空间，真与假分不清楚了。

我是一个弄丢了自己飞船的愚蠢外星人，回不去母星了，只能留在地球上过着亦步亦趋的地球人生活。

我强烈地感觉到自己不属于这种生活……

一串连锁事件即将发生。

在我描述它们之前，我再一次审视我所过的那些红尘生活，不由得对这生活做这样的总结：我并不是对那样的生活感到悲痛和烦躁，恰恰相反，我身处其中时就是很简单地，甚至麻木地活着。我只是感到忧郁和哀愁，那是一种无力应对的无奈感，内心几乎都在狂喊和尖叫了，但是在日常行动上我仍然每天努力地活着。我没有明确的愤怒和反抗，我甚

○

至都不知道该反抗些什么，我就像陷入了沼泽，软绵绵地即将窒息。

我明白我深藏的力量，我可以不吃肉，我可以不洗澡，我可以不活着，只要把我换回沙漠观测站，我怎么都愿意。

然而，再也没有什么沙漠观测站在等我了。

我既低估了自己的分数从而错失其他可能（还有很多学校都有数学系），又在选择中犹豫不决；既没有寻求老师的帮助，也没有坚守住自己的目标。

说到底，是我自己的软弱和迷茫令我失去了人生中最重要的梦想。我的意志力脆如饼干，我的坚毅在现实面前扛不住一阵龙卷风的偷袭……我性格软弱，以至于无法坚守我所深爱的事情……

二十年后，当我重新回看我曾经历过的这一次精神"休克"，我谁都不能怪，我只能怪自己当时精神力量薄弱，没有"咬定青山不放松"的果敢信念……

是的，我只能怪自己。

后来，我在劝慰许多人时，都说过这样一句话：关键的问题是，你要坚强。——这是我人生的刻骨教训。我还藏了半句没有说：就算死亡出面来威胁你，你也绝不能往后退半步。

重量级应该这样排序：我要做的事情大于我的肉身生命。

只有这样，一个人才能勇往直前，才能真正地活着。

·

才不虚此行。

我，应藐视那由肉身塑造和束缚的"我"，要与那个真正的"我"，做一趟无怨无悔的地球旅程。

○

二十六　命运扳道工更改了轨道

好在，我行尸走肉的生活并没有持续太久。一个身影出现了，从那个身影开始，我行走的方向被强力地掰向另外一条轨道。

放假回家后，母亲总是对我不满意，她每天都要骂我。

我话少，母亲话多，她总想和我聊点什么，但是我总不能配合。用刘震云老师的话说，我跟母亲说不上，也说不着。我还没有掌握人类的情绪系统，还无法看透他人，劝慰他人。

有时候前一天随口说了一件事情，根本不算什么的事情，母亲会在夜里睡不着的时候拿出来反复想，然后突然往坏的方面狂飙突进地想，直至恐怖的结果占据她的整个脑海，她会为此闹上几天几夜，同时拉上父亲（父亲每次都十分配合，那个时候，我好像就有了两个"母亲"，而家中总是没有真正的"父亲"）一起大吵大闹……这样的事情发生过很多次，我们的生活总是因此显得过分地喧闹……而事后，谁都不记得那件微不足道的事情到底是什么……

我在武汉上大学，这大学生活里到底能发生些什么呢？无非还是上课下课、衣食住行罢了。但是母亲却在她的幻想世界里重新塑造了我和我的大学：那生活具体的样貌她从来没有完整地说过，但在其中，我一定是一个恶棍。

当然，重要的事情还包括钱。那个时候父亲还在工作，

·

108

家里供我在学校的生活费问题不大。但是我这个学子，在外的吃喝拉撒毕竟是一种消耗，这足以令母亲焦虑万分。这种焦虑无法明确地说出来（没有谁家给大学生断供，让其自生自灭的），就转变成了看我无论如何也不顺眼。只要我一回家，母亲的气就全都撒给我了，就连父亲的气也是如此。

后来母亲又逼着我接下一个家教任务，给我家对面的高三男孩辅导数理化。我多次表示反对，说我的身体吃不消，想要休息休息，高考的疲惫还没有得到真正的修复。但母亲不会听我的，她反复地只能说出一句话："这都是钱！"白天说，晚上说，只要有空就说。

我只好答应了。酷暑难耐，闷热潮湿，我又陪着那个男孩做了几十套高考模拟卷，拿到了七百块钱的家教费。我用一半的钱给母亲买了一件衣服。

也许是因为我顺了母亲的意接了家教，也许是因为我终日伏案学习的样子让母亲稍稍放心，也许是因为母亲已经习惯了我在家的日子，最后半个月，家里的生活终于消停了些，母亲不再总是骂我不停了，不再立着眼睛叫嚷着要把我锁在家里，什么学都不给上了……

开学的日子就要到了。

我又背上鼓鼓的行囊登上了前往武昌的火车。

车子刚一发动驶离站台，我举起的告别的手臂就垂了下来。我立时将自己的脸藏在窗帘里，不想让父母追着列车与

○

我挥手告别。也觉得父母此时流下的眼泪是虚假的：如果真的爱我，为什么天天骂我？我到底犯什么错了？我怎么就是恶棍了？我好端端地生活，为什么要让我永远处在瑟瑟发抖的状态之下？我都考了年级第一上的大学，每年不是一等奖学金就是二等奖学金，为什么还要骂我？这样是在无端端地折磨我啊……这样一种动辄得咎的生活，是酷刑，而不是生活。这怎么算得上是爱呢？这连不爱都算不上啊。这是拿我当生活的出气筒……身为一个人类，做一对男子女子的孩子，我觉得我已经做得够好了……每次我要回学校的时候，他们的情绪波动都那么剧烈，提前三天就开始长吁短叹，送别时还要流眼泪，既然如此，为什么不在平时对我好一点呢？不需要多好，别看我不顺眼、别骂我就好了。……我无法接受那样的眼泪……那太像是舞台上的眼泪，而不是默默地爱着我的眼泪……他们好像在表演中生活，而不是在生活中生活。他们在这种表演中，终于不再闲得无所事事了……

因为过于极端的生活，我终于开始意识到什么，并且开始反抗了。

我是个人，我也有脾气。而且我不笨，我一旦开始思考，思考就将向深处前进，前进……

从那个时候开始，我不再主动给母亲打电话。

一个都没有。

一个都没有。

·

110

至于父亲，他从不给我打电话。

小时候（零食大王时期），我在国营商店买桃肉吃，远远地走过来一个人，是父亲。像陌生人那样看了我一眼。他买了一包烟之后，自掏腰包，把我的桃肉钱也付了。我很高兴，省了一份零花钱。我一撕包装，那个塑料袋整体破裂，桃肉掉了一地。父亲帮我捡起两个，放到我的手心："还能吃。"说完他就走了。

每次想到父亲，我就会想到这件事情。这好像是我与父亲关系的最好的象征。没有更贴切的了。

我们偶然相遇，他请我吃了一包桃肉，随后离开。我们始终保持距离，他从不摸我的头，从不看我。他奔赴自己的生活，那生活与我无关，里面没有我的影子。

桃肉撒落一地，他只有时间捡起两个。

…………

我终于要写到那个身影了。

半夜一点多，火车在武昌站停靠。

我背着沉重的包，走出车站，想要找一辆回学校的公交车。

武汉郁热沉闷，昏黄的路灯高高地悬挂在头顶上，马路边腥臭的汤汤水水里映着灯的影。熟悉的公交车不见踪影。

于是，我在近乎固态的热气中走啊走啊，走啊走啊，走出很远的地，终于在一个公交车站台等来一辆前往学校的大

○

巴。随后我下了公交车，从那静悄悄、灰秃秃的校牌下穿过，走到宿舍楼前，叫醒熟睡的宿管阿姨，被阿姨骂一顿，爬上六楼，拧开六楼的锁眼，一个人在板凳上坐定了。

没有电。窗外的路灯将我的心照得很清楚：空洞洞的。

我喜欢这一个人的寂静。

寂静而哀伤的武汉的夜，就因为寂静，这哀伤显得温婉动人，因为它允许我一个人对着自己哀伤，我就感谢它。

我无泪可流，拿着脸盆去洗手池边冲了个凉水澡就上床睡了。

…………

我是在这样的状态下喜欢上了半个多月以后的运动会上的身影的——他孤寂地站在一边，一个人静静地看着运动场上的同学，许久，一句话都没有说。我离他几步之遥，感觉到他连呼吸都是宁静的。

我就看了他一眼，就喜欢他了。

如果命运真的有齿轮的话，我想它的齿轮真够精细的。这个时间不早不晚，距离我人生中最重要的那个决定性的时刻，刚好还有一年半。一切，刚好来得及。

命运扳道工终于想起来我这边是个急茬了……他匆匆擦一把汗，将大扳手卡住我的铁轨，"咔嗒"一声，改变了轨道的方向。

于是，这一个人的列车呼啸而过，走上了另外一条路。

·

外星人迟迟不肯融入地球人的生活，这是不行的。她此行所来，就是为了融入这喧腾嘈杂的生活，这是她之前说好的。

扳道工专门为她盖的图书馆，堆在她面前的几百本书，终于要派上用场了。

——我愿意这样来解释。

○

二十七　他也很孤独

我想尽可能解剖爱情，分析它为何而来。

大部分时候，我们通常会说爱情没有来由（情不知所起，一往而深），但我想那是因为我们往前倒得还不够远——我在追忆时发现，一部分爱情当我们追溯得稍远一些，便能发现那微弱的起因正在时间长河的某一个地方凝聚力量，乃至随着时间的发酵，终于在一个特别的时候产生了那关键的闪电、雷暴、洪水，将我们一击而中。

我内心中对宁静、寂寥、平和、孤独的强烈渴望，在我见到那个人的时候被瞬间点燃了：他成了孤独的代言人。

我童年生活中所常常体会到的但随着岁月流逝却难以再体会到的那种安宁，与他散发的能量场的频率是那样地协调一致——因此我感到，与其说我爱上的是这个人，还不如说我爱上的是我最熟悉的童年生活能量场的再现。

……从前的钢城，工人们倦怠而满足，没有人刻意去关注我，我也还没有萌发强烈的个人志向，没有因为学习而耗尽脑力和体力。

童年时，一切都安静得像是一瓶夏天的菠萝汽水。

我坐在地上喝汽水的时候，大人们正在睡觉，鼾声四起，厨房拧不紧的水龙头漏下一滴又一滴的自来水。外头骄阳似火，北向的厨房还有些凉飕飕的。中午炒过青椒豆豉，那香

·

味仍停留在墙壁之上……

…………

　　他有着幼年丧母的那种天然的哀婉，言语稳重，从不开怀大笑。没有人管他，他自己做自己的主人（完全与我相反），他自己读书，自己考学，自己筹划生活，像所有好学生那样，他喜欢安静的生活——他就自然而然地那样生活了。

　　因此他散发出的那种气质还包含有许多自己做主的自信、孤傲和冷峻。

　　一年之后，我才鼓起了很大的勇气，要到了他的联系方式。

　　在此之前，我只是在有他的场合，默默地盯着他看（我们是同一个专业，他高一级，我观看的机会还挺多的）……我想，我迟迟不去找他的原因，恐怕还是因为我只是被他的气质打动，而非真的想要介入他的现实生活。在他和几位大四的同学做了考研分享报告后，我才行动起来，找到了他。毕竟，再不找他聊聊，人家就要毕业了。

　　阳春三月，武大的樱花开了。

　　我把他叫出来，去武大溜达溜达。樱花好不好看，我是一点也不记得了……因为我说话的时候都低着头。

　　而且他也低着头。

　　我们彼此之间好像连一个对视都没有。十分尴尬。

　　但是就这样，还聊了挺久呢。从学校聊到武大，又从武

○

大聊回学校……

阳光明媚。

我穿着一件黄色的外套，一条工装裤。正好二十岁。兴奋激动，甜滋滋的。我第一次把黑框眼镜换成了隐形眼镜，虽然眼睛酸胀得厉害，但是感觉整个世界都变得清晰又明亮。

太阳很快偏斜，很不巧，我们就站在食堂旁边的一块高出的水泥地上——熟悉的食堂泔水的馊味飘了过来，一阵浓似一阵……我们俩都知道，吃晚饭的时间到了，于是礼貌地互相道别……

就这样，我，外星人，开始和地球人谈恋爱了。

亦步亦趋，邯郸学步，东施效颦，说的都是我。

别人谈恋爱都要去食堂吃饭嘛，我也约他去食堂吃饭。但是四周坐的都是我的同学，那感觉别扭极了。我挺直腰杆，假装若无其事地和他聊一些"正经事"（考研之类的），那架势很像两国使节的国事会谈。

有一次，我叫他去学校门口的麦当劳吃饭（当时这是大学生谈恋爱的圣地）。一份薯条七块钱，一份套餐三十五元，他买的单。当他说到"这一份薯条在我们那里可以买一筐土豆"时，我顿时羞愧难当，再也没有喊他去过麦当劳。

我们还一起去上自习。

我请他帮我讲讲 C 语言的认证考试。他拿着铅笔在书上

·

画来画去，讲了好些知识点，我只能傻呵呵地一笑了之。确实不懂，没有在编程方面下过功夫。后来，我连报名都放弃了。

还有化学作业，我倒是真有很多难题请教他。他教得很认真，我听得很投入，但是越听越不对，我发现很多东西是课本里没有的。

我问他："你是从哪里知道的？"

他耸耸肩："不知道，忘记了，反正我会。"

我后来才知道，很多人都买了额外的教辅书来提前准备考研。

自习了几次以后，他很委婉地向我表示："你这样，恐怕……考不上化学系研究生……"

我当然不可能相信这样的话。我能考到什么程度，我自己心里可太有数了。我只是在他面前表现得比较弱而已（太刻意了……没想到人家喜欢强者……）。

说起来，榜样的力量真是无穷的。

我因为喜欢他，总是想要去模仿他学习时候的样子：严肃，沉静，认真，不放过一丝一毫的疑点。一坐就是一个晚上，一动也不动，什么事情都不让自己分神。

我后来考完研回家过年的那个冬天，做了一个梦：梦见自己在一间硕大的阶梯教室里看书，整个空间只有我一个人。武汉冬日的刺骨寒冷钻进我的骨头缝里，令我瑟瑟发抖。教

○

室空旷，冷空气是浅蓝色的。这个梦漫长苍凉，等我醒来，发现电热毯停止工作，自己双脚冰凉。

我无法分辨我是被寒冷搞怕了，还是在怀念这位好学生。

·

二十八　他出现，就是为了离开

他当然并不喜欢我。他只是接受这样一种突如其来的告白而已。某种降临。

假扮的游戏终于露出了破绽。游戏中的人苏醒了过来。

我醒了过来：意识到他不喜欢我，我也……想要重新一个人待着……

一个月后，我给他打电话："那么，以后，我就不再联系你啦。"

他说："好的。"

我们像两颗迅疾飞过的流星，短暂同行了一段路后，就失去了所有联系。

不过这下麻烦了，抬头不见低头见，都是一个院系的人，打照面的机会总是很多：我时常看到他们班上的女生与他勾肩搭背、调侃欢笑……每次我都情绪复杂，立刻转身走另外一条小道。

我深刻地感到失去一位好朋友后的孤独：原本晚上可以叫他出来一起看书，现在却只有我一个人了。做什么事情都只能一个人了。这种孤独真叫人浑身像被针扎似的难熬。就连英子，都不能弥补我此刻所感受到的极致孤单。我第一次体会到失恋的感觉，那种只有我一个人飘浮在星云之间的孤寂和悲痛。

○

我又开始失眠……一听到音乐就忍不住掉眼泪……

心脏疼，就像有人拿了个铁锤在砸它。

当我深陷其中的时候，每一天我都以为我将永远沉沦在这难以忍受的痛苦之中，不得解脱。"第二天"这个字眼显得那么遥远。我不确定我是否可以挨到第二天，再次见到太阳。

夜晚令人恐惧，因为当黑夜降临后，天地之间笼罩的，除了我以外，就只剩下我的痛苦了。

在那个时候，我的"真正的我"似乎还未苏醒，我的力量不在我的自身之内。我只是一遍又一遍地问自己，我还能熬过去吗？很忐忑，我不知道答案。

在这可怕的过程中，我意外地习得了一个方法。

在询问了自己许多遍之后，我突然发现：起码现在这十秒钟已经过去了，我还活着，没有被痛苦击倒。又过十秒，很好，一切都如刚才一般，我又熬过去十秒。那么，再来十秒，我还行，还坐在桌子前……

我就是这样在痛苦的泥潭中学会坚强的。真的，就靠这一个又一个的十秒钟累积而成。

我发现，当我迎面狙击这些个十秒之后，天自然就逐渐亮了，新的一天又来到了，我刚刚熬过去的可能是最艰难的一个夜晚。

…………

终于，那审美性的感受越积越多：难过不仅仅是难过，

·

120

还夹杂有朦胧的恋爱里已经淡去的欣喜、难以言明的失落……

我产生了明确的写作冲动。

最悲痛的时候，我从上铺爬了下来，开始敲击键盘。

我写了这样一个故事：有一个好人，他遥远，朦胧，还有一个姑娘，她远远地注视他，对他亦步亦趋地偷偷模仿，以模仿作为唯一的表达方式……两个人相遇了，但是误会和挫折总是不停地出现，相遇终究没有变成相知相惜，而是走向了无言的分别……

我一直对好朋友说，迟早有一天我要写一个好故事出来给你们看看！说了许多年却没有丁点动静。但那时在悲痛的催化下，故事它自己找到了我，逼迫我将它写出来，令它诞生，令它存在。

漫长的暑假开始了。

我沉浸在我的故事里不可自拔，写作拯救了我，令我心无旁骛。

悲痛成了我最好的朋友。我在它的陪伴下，日写夜写，把自己都托付给了这个故事。

我稀里糊涂地写出了一直翘首以盼的中篇小说，将它打印出来，带回了学校。我将这个故事好好地藏在抽屉的深处，就连对英子都没有提到过——我没有给任何一个人看过。

如果它从未被第二个人看过，我的命运还不至于改动。我好像在等一个懂行的人。等一位知己。等一位同道中人。等

○

一位撑船带我渡河的人。

我很快就等来了这个人。

或者说，上天很快就派这个人来到了我的身边。

·

二十九　亮，她是一束光

亮兴冲冲地闯进我们宿舍，用好听的嗓音问："咦，晶不在吗？"

"她出去了，你找她有什么事？"我答道。

她挨着门框软软地笑着："没什么事情，就想找她聊聊天。"

她住在我们这层宿舍的另一头，在公共洗手间里洗衣服的时候和晶聊了起来，这就认识了。不洗衣服的时候也常来逛一逛，我们几个很快便熟识起来。周末的下午，亮在我们宿舍躺着坐着，一起看电视剧嗑瓜子打发时间。

渐渐地，晶和她聊得少了，倒是我和亮总也聊不够。她问我看什么书，聊她喜欢的书，聊我们不同院系的课业，聊我们各自选修的双学位——我修的是外语学院的英美文学本科，她修的是文学院本科。正是从亮的口中，文学院的生活第一次撞进我的脑海之中。

我和亮一起干了很多事情：去西门租书屋看看新来什么好书，在路边买回来一个西瓜吃，在家属区闲逛……

好像是一个下午，我终于决定将抽屉里的那个故事拿给亮看看。

我知道她是个软绵绵的善良姑娘，绝不会说我写得不好，而且她一向温柔，不可能因为我写了一个爱慕他人的故事而肆意地嘲笑我。是亮的温柔令我将那抽屉里的故事递给了她。

○

她很郑重地双手接过稿子，说："我会好好看的。"

几天以后，亮找到了我，双眼亮晶晶地告诉我，我写的故事有多么哀婉动人！女主角在喊对方名字的时候是多么饱含深意，一唱三叹！

"你看你给他取的名字，多好听！"她赞叹道。

我的故事有了第一个读者。一个最好的读者，对于一位脆弱的写手来说。

我记得我当时正走在校园的喇叭下，广播里传出贝多芬的《月光奏鸣曲》。我突然感到被认可了，被承认了，心中涌起无尽的感激和快乐，失恋造成的沉重负担轻了许多。啊，原来有读者是这样美好的感受啊。这是我印象中难得地感受到了明确的幸福，我很确定，这种感觉就叫作幸福。

而幸福来得连绵不绝，一波更胜一波。

又过了几天，她带给我一个消息，她把我的文稿拿给文学院的教授看了，老师说："写得不错，叫这个学生来跟我见一面。"

我非常紧张……和她演练了无数次该怎么和老师说话，老师可能会问我什么，我该如何回答，老师找我过去干什么，有哪些可能……

我有了第二位读者，他是一位教文学的教授，他接过了双学位班上学生给的一份青涩的稿子，竟然还花时间看了，看了还有了反馈，这反馈竟然是叫这个手稿的作者过去与他见一面。

我的人生在短短一个月之内经历了两次重量级的幸福。这是我从未体验过的。

一位新认识的朋友，一位陌生的老师，他们给予了我这样的感觉：在这个世界上，我有一个地方可以站一站，那就是写作。

我跟着亮一起去上课，课程名字叫作"文学理论"。

两个小时的课程之后，我走上前向老师介绍我自己，亮更是体贴地在旁边帮我添油加醋。

孙老师笑眯眯的，问："是不是爱看琼瑶？"

我赶紧说："哦不，我不太看她的……"

随后孙老师说："写得很流畅，一气呵成，文笔不错。"

然后他用那平和浑厚的嗓音问："打算考文艺学的研究生吗？考吧，考过来吧！"

在那个时候，我还不知道文艺学是学什么的。我的脸上微笑着，但是心里却愣住了。我从未想过我可以去文学院，但是这不，我完全可以去试一试啊。老师都这么说了呀！

就是这一句话，我的心中涌起一种感激之情，那种被极度认可的幸福在我的胸腔里激荡。就好像我是一株经历了一整个夏天的酷暑快要枯死的秧苗，在快要渴死的最后关头，孙老师路过，给我浇了一勺子水。我因此活过来了。

一句满怀善意的温暖的话，就是有这样强大的力量。

○

如果不是遇到了拥有罕见的温柔特质的亮,如果不是亮发自内心地喜欢我的故事而把它带到了文学院的课堂,如果不是孙老师临走之前微笑地对我说了一句话,我恐怕没有勇气离开化学专业,恐怕无论如何也要硬着头皮把硕博连读给读下去。

但是命运突然指派了两个人在路口等我,向我指明了一条我从未想过的道路。

············

我想象过这样的情景:

所有人的命运齿轮都堆放在一间巨大的厂房里,好几位扳道工正在辛勤地劳作,这里擦一擦,那里拧一拧,务必确保命运齿轮的顺利运转。

等他们看到我这里时,大惊失色:"喂,喂,这里是怎么回事!这个人怎么奔着天文学去了!"

他们紧急翻看齿轮表:"快快,想办法,她的任务不是这个!赶紧掰,掰!找其他齿轮过来!让她的齿轮向该去的方向转去!赶紧的!"

一通忙碌之后,他们终于松了口气,擦了擦额头上的汗:"这才对嘛。"

扳道工们时常手忙脚乱,所以我们需要一些等待,有时候是一年,有时候是好几年——得给他们一点时间。

一旦我们走上了那条道路,这些人便要回去继续走自己的路。

亮倏忽而来，又倏忽而去，在她也考上研究生之后，我们的联系就日渐稀少（不同的专业，上课时间都不相同），就连毕业我也没能再见到她一面，和她说些离别的话（实习在不同的城市）。

我与孙老师只在临近毕业时偶然在路上相遇，他叹息地说我不应该选择专业不对口的工作。

……他们帮助我下定了最后的决心，他们便去忙别的了。

毕业后，我的导师王老师去世了，我也没能见上孙老师一面，我失去了亮的联系方式，再也没能与她秉烛夜谈过……

我奋力地想要写一本书出来，想把这本书放进长江，让我已经去世的导师知道知道（他将骨灰撒在了长江里）；想再有一个机会和孙老师聊一聊；还想突然收到某个好友邀请，那是来自亮的信息："在吗？"

生命之路上总有温暖。真的。

我绝非靠自己的能量活到今天的。除了父母的养育之外，还有许多人的温暖，才得以让我走到今天，走过每一天。

这是确凿的事实。

○

三十　最后的悬念

火车站拉起了长长的安保队伍。

春节过后，车站迎来了大学生返校的高峰期。

穿军绿色棉袄的解放军战士们手拉着手组成人墙，把乘车的人和送行的人分开。

我在队伍里挤得东倒西歪。旁边的一个女孩个子小小，白白瘦瘦。看样子也是大学生。

我问她："你是哪个学校的？"

她说："华师的。"

"哪个专业？"

"数学系。"

！！！

我心中一震，盯着她小小的粉白的脸蛋看了又看，差点流下眼泪。

啊，就是你啊。好家伙啊！我怎么现在才认识你啊！我们明明在同一个考区啊！我问她考了多少分，她很不好意思地说了分数——足足比我高十分！

我认输了。（华师数学系在我们省总共只招两个人，上个学期我认识了另一个，一个男孩。一年之内，我把这两个人都认识全了。）

我在火车上一直盯着她瘦小的脸蛋，心中已经没有了

·

纠结。

生命的列车向前奔走，不可回头。只希望她能将我的那份愿力带去，以后一切顺利。

她对我特别特别好，把包里好吃的全部翻出来给我吃了一个遍，一点也不心疼。半夜到了武汉后，她陪我爬上六楼黑黢黢的楼梯，留给我一桶她母亲腌的酒糟鱼，才返回到她数学系的宿舍。

本科毕业时，我又在食堂附近遇到了她。

她告诉我，已经签约了共青城的一所高中当数学老师，心甘情愿地去好好工作养家糊口了。她家中清贫，长在农村，能在村里考上数学系，她确实比我聪明，比我更有能力领受那份学识，我心服口服。

命运的扳道工，谢谢你，让那么美好可爱的她也出现在了我的生命中，了却我的遗憾。

还剩下最后一个需要掰正的齿轮，我就要奋勇向前了。

大三即将结束时，我已经跟着亮上了文学院的不少课，为即将到来的考研做了一些基础的准备。但另一方面我的化学成绩也还不错，保研问题不大，学委就此安排我和其他好几名学生暑假留下来跟着各个专业的博士生进组做实验，提前熟悉硕博时期的工作。

因为这个，我得以体会武汉这座城最暴躁酷热的一个半月。

○

我仍旧是化学系的学生，仍旧要解薛定谔方程，要考光谱分析、物理化学，要推测分子式，但我实在处于一种"身在曹营心在汉"的状态中而不自知了。甚至在有些没有认真复习的化学考试中我仍然能够解出最后的大题，但在我的内心深处，通往化学实验高手的那道车辙已经淡到无法辨认——我在这条道路上的意志已经薄弱到经不起任何一点打击。

那打击很快就到来了。

带我的博士生师姐不爱说话，冷若冰霜，从来没有对我笑过。她戴着一副厚厚的眼镜，把所有的喜怒哀乐都尽力藏在眼镜后面，流露出来的属于女孩的柔和与和善少得可怜。我每次见到她都战战兢兢，如履薄冰，唯恐惹她不高兴冲我翻一个白眼，或者把我晾在一边，什么实验技巧也不给我讲。胃痛的毛病因此发作得更加频繁，通宵难以入睡已经成了常态。我完全不知道怎么和她相处，当安静的实验室只剩下我和她两个人的时候，我时常感到手足无措，总觉得不踏实，总觉得可能要犯实验错误。

越是这个时候，我越是想到笑容和煦的亮，想到文学院慷慨激昂的课堂，想到叫我心情愉快的小说。实际上，内心的天平早就倾斜了。

晶跟着的博士生师姐却十分和善，我偶尔把心中的苦闷向她略倾诉一些，她安慰我说："没什么太大的关系，每个人都有自己的脾气，你只要把实验流程掌握得再仔细一些，再

·

勤快一些，就没事了。"

有道理啊，在实验创新方面也许不行，勤快那还不行吗？此刻又不是隆冬，对着水龙头哗哗洗试管和烧杯，这还能有什么难度？我心中宽慰不少，决定从勤快入手，好好打动师姐的心。

就是在这个决定的背后，命运的齿轮发出了至关重要的一声"咔嗒"。

"接下来四十八个小时实验室不要断电，实验要连续运行，不能中断。"师姐说。

师姐要做的除草剂的具体分子式我始终难窥全貌，她到底走的哪篇文献的路子我也摸不着头脑。我只是傻乎乎地在一旁看着，碍手碍脚的，眼珠子紧盯着操作台，但其实什么名堂都没瞧出来。

几天的实验做下来，我也不知道师姐到底做到哪一步了，她没有向我解释过一句话，连自言自语都没有，否则我一定能够从只言片语中捕捉到这样一个信息：除草剂已经做出来啦！白白的，像盐似的！就放在那个不起眼的灰秃秃的坩埚里！

几天几夜没休息好，师姐终于和男朋友去吃顿大餐好好放松一下了。

我决定来个大扫除，把实验室收拾得干干净净的，让师姐回来高兴高兴，我也表现表现，好让她以后多教我一点。

○

我从窗户那里开始打扫，洗了刷，刷了洗，想把实验室里难闻的气味尽可能地减弱一点。整理到实验台这边，我拿起那个已经降为常温的坩埚，看了看里面那点可怜兮兮的晶体，心里略作一些思考：这是打哪里来的？这实验台我天天盯着，我昨天怎么没看到这个东西？

一念之差，我想，都洗干净吧，可能是新拆封的材料没来得及收拾吧！

当，当，当！命运之门那边传来雄浑的钟声。

就这样，我闯了大祸，把师姐准备了好几个星期才制出的除草剂倒进了下水道……

师姐气得嘴都歪了，瞪大了眼睛看着我，但是一句话都没说出来。

晶和她的师姐闻讯赶来，两头安慰……

我落荒而逃，再也不敢踏入师姐实验室一步。

…………

那是七月底，最热的一天。

我和晶吃过饭，从开水房打了两瓶开水提上了六楼。校园里正搞检修，水电都停，厕所那边发出熟悉的闷头闷脑的腐臭味，电风扇连一丝丝风也无法传出。

夜深时分，我俩都倦极了，坐在水泥地上半天都没有一句话。

"真渴。"她说。

·

"我看我们干脆就直接喝热水，以毒攻毒，以热攻热。"
我提议。

"好！"晶点点头。

我们默默地喝了一杯又一杯热水。

我在心里发狠：我就不信了，治不了这个热？武汉啊武
汉，你热是吧，我不怕，我敢直接喝热水！你看看到底是你
牛，还是我牛？——我又倔起来了。

我们俩出了一身的汗，把水泥地沁出个水印来，才回到
床上躺下。

我下定了最后的决心。

○

三十一　突然想要一个人待着

有一天，亮兴冲冲地说："我们俩租个小房子专心考研去吧！"

我感到她说出了我也一直想去做的事情："好啊！"

"走，看看房子去！"

我们在学校旁边的家属区看了一套房子。房东二十多岁，只比我们大几岁，已经工作了，他自己住一间大概只有四五个平方米的极小的屋，却把宽大的主卧让出来赚点外快。

亮看了看他的小屋，好奇地问他："这床这么小，你还有女朋友，够住吗？"

房东有些不好意思："我还特喜欢这种小屋小床，住起来特别温馨。"

从他家出来，亮忍不住笑起来："他那么大的个子，再躺下个女朋友，那可怎么睡啊？不得紧紧搂住才不掉下来吗？"

我们俩一想到那漫画般的场景，都觉得有些好笑。主卧要价高，远远超出了我们的承受能力，租房的事情就暂时不提了。

等我走上六楼，回到宿舍见到熟悉的同学们的那一个瞬间，我的脑海中突然涌起一个强烈的念头：我已经许久许久没有一个人待着了。安之若素地，自自然然地一个人待着。

距离我上次从瞎子店买了香槟酒和零食回家一边品尝一

·

边看书已经过去多少年了？自从我下决心要发奋开始，我的心远离我所喜爱的农田、温馨的零食铺、悠闲自在的下午已经很久很久了。我在许多时候都体会不到它。我常常体会到的是焦灼……在那一个推门而入的瞬间，我突然意识到，我多渴望自己一个人待一阵子，与自己的心待在一起。就一个人，坐在哪怕一间很小的屋子里。就那样静静地坐着。想坐多久就坐多久。

我在我的书桌前盯着书，脑海中浮现出一幅山林苍翠、竹林掩映的画面，而仅仅是这样的一个想象，就令我顷刻间心驰神往了。

在那个瞬间，我感到这些日日与我同住的同学们都远去了，我最为熟悉而期待的感觉出现了——"沙漠观测站"它仍在。在我的心里，在一个我自己都意识不到的很深的地方。只要我一想，它就会降临。

我多年来熟悉的宁静拯救了我。它一把将我拽了过来，寻了一处寂静之所，叫我坐下来。只要重回童年，重回寂静的钢城，我就将再次找到出路。

亮给我拿来了考研书单，我们和许多其他同学一样，准备开始冲刺了。

我痛苦焦渴的心渴望得到拯救，我寻到了这样一条路。

往前走下去，从我自己的心灵入口走进去，我不知道我会遇到什么，但我满怀期待，怀揣着问道的欣喜，凭借着难

○

以言说的本能的指引，彻底走到了另外一条道路上来了。

这一次，我坚定如铁，发了大狠，绝不妥协，绝不认输。

文艺学在文学院的众多硕士专业里是相对比较难的专业，它已经穿透了文学作品的表象，进入到深层的哲学层面对各类作品进行本质的观照。专有名词都是陌生的，思维方式也是全新的，一切都靠我自己学，自己悟。

但是我就要选它。我要的就是它。

我痛苦煎熬的心灵，正需要最苦的良药。

文艺学它携带着中西哲学的宝典，走向了我，我毫不犹豫地拥抱了它。

·

三十二　踏上旅程

华师的公共课里有心理学课程，课堂上我们都已经学过弗洛伊德，但是因为讲得相对简单，很多核心概念没有进行辨析，课下我自己琢磨的时候，总觉得难以置信，很隔膜。但亮的本专业是教育学，这方面接触得多，她们学院设有心理学专业，藏有许多非常厉害的老师。

有一天，她兴奋地过来告诉我，她在教育学院结识了一位很有名的老师，不但在课堂上帮人解梦解得很有意思，还会算命，说起话来特别有意思，是个神人！她已经约了那位老师面谈一次，请他帮我们算一算。

"还可以这样？"我特别惊讶。这是我第一次在现实生活中听说有人会"解析梦境"和算命。

"真的！你去聊一聊就知道了！"亮说。

她再一次担任摆渡人，请我安坐于小舟内，手划双桨，将我带入探索人类心灵世界的诸多学科之内。其实，事后多年再看起来，亮对于我来说，又何尝不是一个神人呢。她从天而降，是第一个拽着我的手，拉着我往文学院的大门狂奔而去的人。多么不可思议。

老师是一位中年男性，穿着黑色的毛衣外套，说话还有浓浓的湖北口音，其貌不扬，眼神平平。他端坐在办公室里，乍一看，完全就像一名数学老师或者语文老师，一点也看不

○

出来他能看透人的心思和人的命运。

我们先从弗洛伊德的学说开始谈起，在我和亮表示《梦的解析》那本书里的很多观点有些难以接受之后，老师兴致勃勃地谈到了他在上公共课时所接触到的几个有意思的梦境。尽管解析得多少有些道理，我听到之后还是感到震惊——人的梦会绕这么远的一个大弯去宣泄情感吗？梦境本身和老师揭示出来的心境真的匹配吗？人类的心灵世界会用梦境中那么诗意的东西去表达自己的情感吗？那人人都该是诗人啊。

我刚过二十岁，对人类的心灵世界的复杂结构和运行规律一窍不通，毫无所知。

老师敏锐地察觉到我和亮的困惑，他笑眯眯地邀请我们俩各说一个自己印象深刻的梦境。

我想了想，说出了前几天的那个梦："子夜的街道。下着雨，不大也不小……也不是，有点大，但还不是暴雨……一只白色羽毛做成的绝美的高跟鞋就放在街道的正中央。就一只。四周没有人。路灯昏黄的灯光反射在一个个小雨坑中。雨水毫不留情地浇在这只高跟鞋上，雨滴顺着白色羽毛一滴滴落在地面上……那只高跟鞋是那么的美丽……"

听了我的描述，老师沉吟片刻，缓缓地说道："……你觉得你不属于这里。你感到自己正在遭难……你在学校里被人欺负了吗？你可以说出来。"

"哦，没有……没有被欺负……"我吞吞吐吐地说。

·

其实就在老师说完的几秒钟内，我瞬间明白了（如同醍醐灌顶般）：是的，我正在遭难，我错失了我的"沙漠观测站"，我原本应该在那里！我不应该在这所大学，不应该在这个专业……果然啊！我错失所爱东西的悲痛，在梦境中被表达了出来！正是这样……

我默默咀嚼老师说的话，心中剧烈震荡，久久难以平静……原来弗洛伊德的学说这么厉害，原来人的心灵真的会拐很多弯去表达自己的情感，拐的弯太多了以至于人自己根本认不出来那份情感是自己的……

一只在雨中被滂沱雨水彻底打湿的白色羽毛做成的高跟鞋。

多么像一幅画，或者一首诗。

如果我在写小说的时候，也能做出这样的提炼，我应该可以成为一名诗人吧……

我的思绪飘飞，很快，亮和老师谈到了算命的问题上。

在老师准备为我们算之前，他首先很严肃地说道：

"其实作为一名大学老师，不应该传达这样的生命观，说什么一切自有定数。如果学生们相信了这些，那就再也不必努力了，再也不用奋斗了，一切跟着天走就行了，那还谈什么有为青年，事在人为呢？但我研究这么多年，又确实感到这里面有些玄妙的地方，所以今天所谈到的，你们只当听个故事，一听而过就好。以后该怎么努力还是怎么努力，行不行？"

○

我和亮点头，心跳也有些快，觉得像在面对某种宣判。

老师开始谈到我。看看我，又将目光挪开，有时候好像在计算，有时候在斟酌，又歪着头看看我，还看看我的后脑勺和耳朵，又看看我的后背……

"很寻常，稳妥……没有当上大官……"

随后他又开始半闭着眼睛在思考，好像在进行激烈的计算，又像是在感受着什么。

他突然睁开眼睛，又看了看我，语词说出来更慢了："……你以前是个和尚……还不止一世……累计……二十多世……都是和尚……"

我难以接受这个结果。和尚？与我八竿子打不着。我在生活中没有见过一个和尚……我唯一能想到的稍微搭上点边的，是我以前喜欢看政治课本中的哲学部分，喜欢背"矛盾三大定律"（我是政治课代表，大家都不背，我必须背）……

但我很快想到一个问题，赶紧问老师："老师，我之前如果真的当了那么多世的和尚，那我到底是悟了吗？"

老师没有回答，他略想了想，笑着摇摇头。

也是，如果了悟究竟，又怎会来做人呢？那应该是脱离苦厄，飞升到另外的境界才对。

我心中感到一阵挫败，为老师说的那位循环往复二十多世的陌生"和尚"：了悟竟然如此之难，学习了那么多遍依然没有彻悟。而那人竟然是我吗？这位"和尚"是不是有点笨？……

.

可是我有那么笨吗？我从小到大搞学习还可以啊……

我心中存了许多困惑，但是一时也无法表达为语言向老师提问。又聊了一会，我和亮向老师告辞。

命运，这是我第一次直面这个词语。

以前，我只在《巴黎圣母院》的前言里看到雨果说过这个词语——他正沿着台阶一级一级地向上爬，突然在某个台阶旁的墙壁上，看到有人用拉丁文刻下这个词语："命运"。不知是哪年哪月刻上去的，字迹已经模糊晦暗，看不真切。那一瞬间，许多感受向他奔涌而来。他回到家中，即开始写作那部著名的《巴黎圣母院》。

在后来的日子里，我曾经许多次想到这件事情，想到老师对我的遥远的无法确认的过去的判断，并以此作为重要的心理安慰度过了一个又一个难熬的夜晚——看来我很有可能仍旧是个和尚。那么，我所经历的孤独、苦闷、清贫、无处安放的焦灼都是可以理解的，而且很有可能必须那么着才对：因为我还没有找到那个属于自我的寺庙，还没有盘腿安坐下来，垂下眼帘，还没有静极入定。

一旦我停下脚步，就地而坐，可能我就回归我了，我就星入命格，踏踏实实了。

老师的那句话成了我心灵的某一个靠山，一个巨大的解释链条的开端。它完美地解释了我没有缘由的涌动而出的能量，我倒越来越愿意相信它了。因为相信了这样一句话之后，

○

我比从前更加能够容纳磨难了。

另外，我和亮都忘记问一个最重要的问题：我们能考上研究生吗？

但后来，我想了想，觉得老师多少暗示给我们了。比如说我吧，既然已经参禅悟道了二十来世，这辈子还要继续求索，那么眼下我想要考入文学院修习文学理论、艺术理论的愿望，总归是要实现才能继续求道。

果然是如此的。

半年多以后，我和亮都考上了。

…………

我在脑海中把我与亮的友谊想成这样一个小故事：

在某一次生命中，她也是个和尚。

我们同舟而行，前往某个山寺听一场盛大的辩经大会，为的是长长见识，增进修习。船小风大，一个浪头打来，我们都被卷入河水之中。于是你拉着我，我拉着你，两个人艰难地抓住船帮子，再翻身入舱，仍旧努力前往目的地。

亮有些受伤，我去岸边采了些草药敷在她的伤口，又生了火将我们的衣服烘干，还顺带煮了点野菜汤。因此亮感激我，答应我以后如果再遇到，我若迷了，她来拉我，进那道山门。

只有这样，我才能解释亮为何突然出现在我的生命之中，牵引着我，度过那场重要的考试。又为何如春风那样，轻柔地来，又轻柔地去。

.

⋯⋯⋯⋯⋯

我慢慢开始愿意认为自己是个"和尚"了。

这给我带来很多好处。比如有时候我本该生气，但是我压根就不生气。是因为我多少有些洒脱：

"毕竟，我是个和尚嘛。"

○

三十三　狂飙突进

我是在完全无所知的情况下，被引到文艺学的门下，开始自学西方哲学和中国古代哲学的。完全出乎意料。完全不在我的认知之中。在我所认识的人中，从未有人学过这个，也从未有人对我提到过这个。

但是我一旦开始接触它们，立刻就发现，我想要学的就是这个。我在领悟它们时多少有点天赋，在学习的过程中充满了喜悦。事实就是，后来，我一直沿着这条路走了下去，一直在喜悦的笼罩下阅读着那些书籍。如饥似渴。从未疲倦。

——于是，这件事情确实像一件分配给我的任务，一个天然地要由我来完成的任务。

…………

我在考研的书堆中走得越深，就越感到喜悦。

是对文学和哲学的深度学习让我明白了，其实我从来都没有变过。我生来喜欢什么，后来就一直喜欢什么。教育、刷题、考试、奋进、社会、人世、工作、漂泊、困境……它们都没能改变我内心深处的那份"定在"，即那份天然的欢喜。

可能我的生活有很多可能，但是那个"真正的我"却只有这一个可能。

我喜欢寂静，喜欢孤独，我渴求这寂静和孤独与整个宇宙默默而隐秘地相连。我在这种相连中就完全可以活了，并

·

且将活得毫无目的，自由自在（有点像康德说的"无目的的合目的性"吧）。

而这，我出生和成长的那座小小钢城早已经给了我，给足了。

有许多次，夜深时分，我坐在父亲的自行车后座上和他一起去上夜班。

天上飘着凉飕飕的雨丝，夜黑而浓。我们从居民区进入钢厂生产区，路两边的墙上挂着巨大的宣传画，"高高兴兴上班，平平安安下班""团结就是力量"。墙脚下种了一长溜整齐的蓖麻，长得比我高多了，蓖麻种子结结实实，蓖麻叶子绿油油的叶片上闪着混着锰粉镁粉的亮晶晶的灰尘。

我在黑不可测的天幕之下。整个厂区都在天幕之下。

高大的厂房里白炽灯亮得人睁不开眼。夜班的工人正在轧钢，盘圈，摞堆。

我和母亲多次从土丘山上运煤的列车底下钻过去，为的是去吃厂里食堂晚上八点以后做的热包子，还要去澡堂洗个痛快的热水澡。母亲总是很害怕列车会突然启动。可是这不太可能，因为晚上的列车都在铁轨上趴着歇窝，等待半夜里合同工和临时工再加上附近村子的壮劳力来卸煤。她怀着忐忑的心情，带着我爬了一次又一次，又又一次，从没走过正道进厂……

外婆在机修食堂上了三十年的班。

○

我黄昏时分才走到那间位于湖心中央的亭子里的厂矿食堂。她给我端出一碗清汤馄饨，加了特别的香油和酱油，叮嘱我一定要吃光。我原本是不饿的，但是吃着吃着就越吃越香，一会就吃光了。

我并非单纯地怀念那无忧无虑的童年时光。我是想要写出我这多年后的发现：命运该给我的，早就给了。

给得饱足，给得全乎。

当我终于能有机会写东西以后，我发现我成长以后的"磨炼"、见的"世面"、走过的"弯子"，把它们归结为灰尘都是完全可以的——那厚厚的遮盖那颗本心的灰尘。

正是这样。

就连考第一，进大学，拿奖学金，被人爱慕，被人渴求，都竟然带着虚荣的翅膀，也要归于灰尘才对。

而那颗本心，它爱静，它好奇宇宙，它渴望求知，这在一开始就是如此的。

命运没有给我设置任何谜题。它就在那里。

…………

我没有任何顾虑地开始准备考研了。

大三暑假，我需要重新买一整套文学院的二手教材，得花个几百，打电话给母亲，却被她拒绝了。我已经忘记了她的理由，她说她不管这个事情。

后来我给兰打电话问她借钱，她从南京给我寄了五百块

146

钱。我这才得以从学校西门的书店里买回五十本参考书，从此正式进入复习阶段（我开始学会向朋友求助了）。

我在电话中问兰："你觉得我有戏吗？"

兰说："我觉得你完全没问题，肯定可以！高中时候的语文课我感觉语文老师就是对着你一个人在讲课，我们其他人都不存在，多叫人生气！"

兰是这样地支持我，安慰我。如果没有她的援助，我连开始都无法开始。在我们最动荡不安的岁月中，我们俩彼此陪伴了好些年。

大二那年，我特别想看看到底我能节约到什么程度，母亲口中说的"节约"到底意味着什么样的生活。我不吃早饭，中饭和晚饭只打最便宜的一块五的菜，半勺土豆片和半勺白菜。那么吃也挺香的，我挺喜欢吃土豆和白菜，就是给的量太少，吃不饱。我这样坚持了两个月，直到有一天我和英子往食堂走去，我说："英子，我怎么觉得我连走路的力气都没有了？"英子说："我看你还是吃点肉菜吧，少吃盐会没力气的。"从那以后我才停止了这一次的"节约实验"，重新正常吃菜。

母亲没有给我额外的书本费，但是在我考上之后她又说，"本来给你的学费都准备好了，谁知道你考了公费。省了。"

——时至今日，我感觉，我可能终其一生都没有办法理解我的母亲。我想尽力去理解她的行为和语言，每次都百思不得其解。她是那样的自相矛盾，又是那样的容易恐惧和焦

○

虑，希望有人能够安慰她焦虑的心。她在梦幻泡影中构建她的世界，这个世界里没有好事发生，随时随地都有可能出现不可预料的恶性事件。她是那个逃跑的弱者，而扮演恶棍的人竟然是我。我成了她抵抗暴击的对象。有一次，她在《今日说法》里看到一个年轻人在网上肆意赌博欠下了几十万的债，结果被黑帮追债的人追到家里打伤了老父母后，在电话里对我好几天没有好脾气，过了好一阵子才告诉我是因为这个新闻。我简直哭笑不得。我对她说，此刻我正在读研究生，我根本不知道什么叫网络赌博，麻将扑克从来没摸过。

"这样的新闻和我有什么关系啊？我从小到大什么样子你搞不清吗？"

"反正你要引以为戒！"母亲撂下电话之前说。

我是在许多年的思考后才突然醒悟，母亲从来都没有了解过我，她时常能看到我，但是她根本"看不见"我。在她心目中的"我"那个形象，隐藏在各类梦幻泡影中，今天可能是这样，明天可能是那样，处在永远的变化之中，难以把握。她希望我时常能安慰她的这些没有由来的恐怖的想象，但是却常常不肯开口说清楚到底是什么样的画面让她如此惊恐。她是一团模糊不清的闪电，突然会给平原上唯一的一棵树（也就是我）以雷电的暴击。

…………

亮也很穷。

·

"十一"假期她回了趟湖北乡下的家，跟我说，奶奶也劝她要省着点花，因为"你妈妈是一个抠了鼻屎当盐吃的人啊！"。

我和亮都吃了一包泡面当午饭，亮有些发愁地说："老师说泡面没有丁点营养，吃了泡面还得吃两个橙子补充维生素才行。"她摸了摸肚子，"我好想吃橙子啊。"

我几乎被她逗笑了："哪有钱买橙子啊，你就忘了这事吧。大不了晚上吃点好菜嘛。"

亮那副愁眉苦脸的样子我到现在都记得，她就是想吃两个橙子罢了，但是这个事情有难度——学校西门市场的橙子贵得很，五块钱一个，买了橙子就吃不上晚饭。

这个画面始终在我的脑海中挥散不去，不知道怎么回事。以后我想写一个小说，当一个女孩子说她想吃两个橙子的时候，另一个女孩立刻把她拽到旁边的市场买了两个橙子请她吃！一定要有这样一个情节。

因为我当时没有这么做。

过了"十一"以后，天气越来越冷，但是大部分学生还是穿着聚酯纤维面料的校服。那个时候一件羽绒服常常过千元，大学里只有少数学生穿得起。

我记得那套校服是黑白色的，布料倒是挺厚，里面可以套棉裤和毛衣。我对那一年冬天的寒冷记忆犹新。我吃了很

○

149

多东西储备脂肪以防止自己感冒（之前每年冬天都要病很久），还喝了一罐又一罐的热水来取暖，最后胖了二十多斤！

但却仍然梦见自己在寒冷的教室里看书。书页怎么也捏不住，那一页怎么也翻不过去。

刚开始，我和七八个考研的同学同进同出，一起去图书馆，一起回来睡个奢侈的午觉，再一起去图书馆。但队伍很快就被打散了：图书馆的座位数量不固定，有些人要参加培训班，有些人要上课，等等。

一个月之后，我独来独往，将英子也抛下了（她考化学的研究生，和我的课程表截然不同）。

我不再嫌弃图书馆里总是屎尿味横行，也不再脸皮薄，不好意思去一个全是陌生人的教室了。我得抓紧时间看书，把中国的历史文化名人、名篇名段、哲学流派全部刻印到我的脑子里去。

因为全神贯注，时间过得飞快，很快就到了隆冬。

我们报名的政治辅导班要连续上三天的大课：上千名来自武汉各个高校的学生聚在一个破旧的电影院里听课。

不太记得都讲了些什么，我只记得没有吃的，我们几个找不到饭吃就在电影院门口买了香喷喷的烤红薯！就着呼呼的冷风还真挺好吃！校服再也不能顶事了，我们全部穿上了厚厚的棉外套。滚烫的红薯的热量好像没法传导到手指上，手指和脚趾已经冻麻木了，就算是被拽了手，或者被踩了一脚，

·

也毫无知觉。

那个时候的武汉，不管哪里，都没有暖气和空调，真是熬人啊。

就在这个当口，化学系有个行政老师突然想给我介绍对象。

他给了我一份文件让我送到校办公室去。

我莫名其妙地跑了一趟回来，那老师笑眯眯地问我："见着了吗？怎么样啊？我可告诉你啊，嫁给了他以后，你可以留下来当辅导员！"

我说："我考研呢老师。"

他说："欸，考研有可能考不上啊！考不上你怎么办？"

我想了想，说："我会考上的。"

他气得要命，认为我是个榆木脑子。（这是个什么乱七八糟的事情嘛！）

还有一天，辅导员老师找到我，通知我，因为成绩不错，我已经进入保送名单之中，接下来可以综合横向比较，选择一个自己感兴趣的化学专业，随后和导师联系，提前开始研究生的课题的准备工作。

胆大包天如我，感谢了老师对我一直以来的关心，随后告诉她我的决定：我放弃。

只有我自己知道，我已经错失过一次，不想再错失第二次了。

○

我沉浸在学习之中，过程极其愉快，因为我感到了自己的天赋。在文学理论部分，我可以说我把最重要的两本参考书都几乎背了出来，只看了两三遍就可以做到了。其中关于红楼梦的长篇点评我到现在都记得最关键的一句话："全文的题眼落在白茫茫大地真干净上……"（这一本参考评论集正是孙老师写的。）那些关于文学流派、思潮、哲学根基的论述正是我最如饥似渴想要知道的。它们不仅仅是知识，而且还是在旁敲侧击地对我自己的人生进行点评和分析。

就像雨水落在了干旱许久的裂土之上，我感到自己一天天变得丰润繁盛起来，仿佛自己的生命终于从黄土里被刨出来，在小溪里舒展了周身筋骨。

正因为我自己的切身经历，我无论如何不能认同"文科无用"的说法。哲学怎么会没有用？文学怎么会没有用呢？你的心灵需要它，你不可能长久地做一个没有心灵的人，只为了金钱而活着。

此外，还有种种难以详尽描述的审美体验——那种体会到自己有能力进行深度思考的欣喜，那种终于体会到人类之渺小与伟大、宇宙之浩瀚但又与你息息相关的惊喜——都是难以言传的无价之宝。

我感受到了命运给我的奖励：因为我走在了"这一条"路上，所以一切顺风顺水，稳稳当当，它几乎就在我的头顶上方微笑似的。我一次感冒也没得，每天神清气爽，精神集中，没有杂事干扰，生活平静得像一幅墙上的油画。

我有预感，我能行。

我心中那个声音每天都强有力地存在于我的肚子中间的某一个地方，叫我"往那去！走，走起来，一直走！"。

我的预感就在于，这个东西非我莫属，我一定可以拿到它。

甚至就在考试之前，我感觉我已经拿到它了！考试只是一个过场，一个仪式。我甚至有点迫不及待地参加考试，尤其是文学理论的考核，我想把我的观点尽快地写在考试卷上。

考文学史的时候，很多填空题我都不太有把握，好几个空着，实在写不出来（桐城派几个人物的名字之类的）。但一旦涉及大题中对鲁迅小说的深度评论，我的激情就又涌上来了。我喜欢这样的题，如果可以，我都想和同学老师聊上三天三夜！英语政治当然也不在话下，我已经把市面上能够买到的英语模拟题全部做完了，准备得充分至极……

我在一种久违的激动和欣喜中，完成了全部考试。

○

三十四　羊的思考

快过年了。买了张站票，带着剩余的兴奋，我回家了。

下了雪，母亲喊我下楼去拍照。照片洗出来，我看上去又白又胖，像一粒剥了红衣的雪白花生米。

寒假后返校，我又重回化学系的大部队，跟着大家一起给各个学校投简历，找工作。

在这个局面之前，我们都还是学生；而在这之后，我们每一个人都不得不追问自己：我到底要去哪里落脚安家？我想要的到底是什么？什么对于我来说是最重要的？要想明白这些问题，实在是一个巨大的挑战。

我们就像身处一栋四处漏风的破旧房屋，可是手上仅有一块木板，我们得想明白，是要挡住屋顶漏下的雨水，还是要挡住窗户吹进的寒风。

绝没有十全十美的选择。

五楼住着化学系的大部分女生，我时常从六楼下到五楼，从这一头走到那一头，穿过层层叠叠湿答答的衣服和被单，找人说事。

羊坐在自己宿舍门口，屁股下垫着军训时发的木头小板凳，一手撑了下巴，一手摸着脚踝，双目愣神，谁从她身边走过，她都不在意。

那天晚上，宿舍都已经熄灯，我走过五楼，羊还维持着

·

这个样子，我感觉她像个大蘑菇，已经长在宿舍门口了似的。

"羊，你不睡觉吗？"我问。

"我睡不着，我在想事情。我已经两天两夜没睡觉了。"她说。

"啊！"我吓一跳，蹲下来，"不困吗？"

"不困，我得把这个事情想明白。"

"什么事情？"

"我到底想过什么样的生活。"羊说。

"啊！这个事情！"

夜气从五楼那头的阳台弥漫开来，沿着我们的拖鞋开始向上爬……

我感到羊在夜雾之中抛出了一个巨大的哲学问题。她的眼睛闪闪发光，思考的痛苦在她的眉间彷徨。

"那你想好了吗？"我问。

"还没有，不过很快了，明天晚上你再来找我，我应该就可以告诉你了。"

"好。"

第二天我仍然在夜深时分过来。周遭一片寂静，武汉的早春已经有了不少暖意，羊的脚指头因此并不显得紫黑冰凉，而是粉红的，从拖鞋里蹿出来，挨着湿漉漉的走廊。黑漆漆的。我蹲下去，挨着她的头。

"有结论了吗？"我轻声地问她。

○

她微微点了点头，说得很慢："我不像你们，那么聪明、那么有才华，你们可以出去闯荡，去北京上海，去很多很厉害的地方。而我呢，我一点野心都没有。如果有一个机会，我可以回到云南，回到我们白族人祖祖辈辈生活的地方，我就觉得足够了。那里可美可美了！夏天，我躺在竹床上睡觉，发懒，我阿婆在厨房那头叫我起来吃饭，吃完饭赶紧去学校上班，这样的生活就很好了……其他的东西，我都不想要。"

　　我的心里震了一下。我感到羊这三天三夜的思考真的令她成了一个哲学家。

　　"不再后悔？"我问。

　　她的眼睛再度亮起来："想明白啦，就是这么回事啦。我要回去。"

　　我也感到松快，长舒了口气："那你赶紧回去睡觉吧，这样会把身体搞坏的。"

　　她摇头："让我再继续想想，再扫个尾。再见啦，以后去云南找我玩。"

　　"再见啦，羊。"

　　我亲眼见证了羊从愁眉紧锁到轻松释然的全过程，见到了一个人连续七十二个小时不吃不喝不眠不休的思考是怎么令她自己从选择的陷阱中跳脱出来的。

　　好几年以后，当我也学会了羊这样的思考（坐定在小板凳上想许多个小时），我才算第一次彻底体会到了思考的艰难、思考的快乐、想通透后的轻松。

我猜测，是白族独特的生活教会了她这些，是教科书上学不到的族人的勇敢和执着在牵引着她，回到自己的"本在"里去，回到自己的"所来"中去。总是平平淡淡、默默无闻的羊，教会了我在本科生活中最重要的一课。

就这样，我写着写着，突然完全明白了羊的意思，我在意念中欣喜地同羊拥抱在了一起。

人和人之间真奇怪。我和羊从未在大学四年中黏糊地坐在一起吃过饭，我却总是觉得我们俩比别人要更加亲近。本科生活已经过去了二十年，记忆的海洋也在大浪淘沙，羊成了我最难以忘怀的同学。

"我要回到我们白族人中去，嫁一个自己喜欢的白族帅哥，生两个孩子，一个随便他以后怎么样，一个要留在阿妈身边撒娇，年夜饭的时候在灶头帮我生火。"想起来了，羊在大一班级聊天时这么说过。

当大伙还在随波逐流地以为自己正上进地活着的时候，羊已经撑着小舟回到了自己的部落。

而我自己呢？我是从哪里来的？

我是一个来自钢城这样一个集体的，由国家力量辅助长大的孩子。

如果没有钢城，我不可能在出生五十六天之后就由厂区的保育院接收，并且有一个专门的阿姨来带我这么一个夜班

○

157

女工的孩子；我不可能在十四岁之前所有的医疗全部免费；我不可能在夏天三个月里总能喝到厂区橘子口味的汽水；我不可能总是感觉肚子饱得实在吃不下去了……

长久以来，我对此无知无觉，没有说过一句感激的话。

直到我写下我从未对别人谈及的梦想，我才发现，我所设想的"沙漠观测站"里的工作还是在为国工作，为国而战——我仍然想要延续我在钢城的那种生活。延续钢城的使命。

我不仅是一个彻头彻尾的江西人，竟然还是一个彻头彻尾的钢城人。

我爱着钢城的硕大厂房所携带的工业冷漠感、冰冷的科幻感、图书馆的肃穆感、隐身于超大机器之下的人的自豪感，乃至最重要的，那荣誉感和壮烈感。

以一种自己浑然不知的方式。

在潜意识里爱着。

三十五　走上新的道路

上午我还在武汉六中授课，给高中生示范滴管滴药品的操作步骤（手还有些抖），下午我的考研成绩就出来了。我进入了复试。

我考上的消息在化学系内部传开了，因为我考了笔试第一。

我很高兴。这一方面是因为我感到自己的刻苦努力果然是有效的，但更重要的是，这证明了我内心深处那强烈的召唤是真实的，我所受到的神秘的牵引是确实存在的。

新的路展开了——我要开始了解人类世界了，而不是星辰体系；要进入人类层层叠叠迷宫般的心灵架构中，而非恒星爆裂的耀斑里。

而我对此，知之甚少。

马不停蹄地准备复试终于将我的体能耗尽，令我精疲力竭了。真是又一场硬仗。

复试时，我抽到了这样一个美学的题：为什么大自然是美的？

我抖抖索索地背诵着黑格尔《美学》中的句子，但被美学老师驳回，认定我说得毫无道理……

关键时刻，我的导师发话，救我于水火了："她从化学系考过来，美学课上得少。"

○

复试表现不好，使得考到第一名的快乐很快就消失了。

这是一个预兆——未来三年的研究生生涯绝不好走。尽管我有所警觉，但那后来的日子里我会因为学业流那么多眼泪却实在是想象不到的。薛定谔方程绝不会一点也解不出来，可是康德和黑格尔的书却有可能真的一点也看不懂……

但不管怎么说，我的综合成绩还是进了公费研究生的名单，成功进入文艺学专业，成了一名硕士研究生。公费研究生不必交学费，不仅如此，每个月还能收到国家发放的260元生活费。

本科学习最后的工作，是完成化学论文和双学位（欧美文学）论文。

欧美文学论文，我选择的课题是从弗洛伊德的精神分析法（我后来补看了很多弗洛伊德的学说论述）看待艾米莉·勃朗特的《呼啸山庄》。我对着辅导老师把我在考研复习中学到的理论讲得唾沫横飞，劲头十足，但是这实在是以己昏昏，让老师更昏昏。老师听得很费劲，但是她表扬我"想要表达的劲儿很足"。这比文学院督考的老师对我的评价热情多了，也亲善多了，我因此铆足了劲，将万字的英文论文写成，自我感觉十分良好。

忙完这些，辅导员推荐我去参加校辩论队，原因很简单，"你既然考了第一，就是化学系最酸的文人了。"

这时，距离我本科生活的结束，还有最后两个月。

·

三十六　回溯：大喇叭里的古典音乐

我的所来，绝非无缘无故。

我绝不是无缘无故就可以转换专业考上研究生的。这里面仍然有纤细漫长的线索值得被梳理出来。

我要在这里中断时间的河流，溯游而上，返回那座最开始的雪山。

钢城的厂区内外竖了许多大喇叭。

十多米高的水泥杆子，铅灰色的卷筒。

在开机、关机时，有刺啦刺啦的电流声传出，温热，宁静。

其实许多人都不知道，那样的喇叭传出的音乐声是特别好听的——乐音从十几米的高处向四周散开，会让人觉得那厚重的声音来自天穹；因为层层叠叠的各种反射回来的声波的叠加，那声音又显得闷而远，浮躁之气在与叶片、云朵、墙面、烟雾、农田的反复碰撞中早已消散，旷远成了主调。

第五十七天我进了保育院，从那时候起，我好像就习惯了从天穹顶上传来的钢琴声：贝多芬、莫扎特、肖邦、柴可夫斯基……在我的印象中，钢城的大喇叭里总是在放着这样的钢琴曲。

中午工人们端着铝饭盒来回穿梭，外星飞船一样巨大的厂房稍许安静下来，趴在地面上听钢琴曲。这大概是对所有

○

的人的美的抚慰。

傍晚，父亲骑车带着我，在铁轨前停下。

夜班工人的自行车乌压压地停了一大片。

远方的运煤火车拉响长笛，"鸣——"声传到人们耳朵里时已经模糊了。当它驶近的时候，黄色晃眼的前灯将已经升起的夜雾照穿，轨道的远方仍然看不真切。头顶上空肖邦的圆舞曲在响。

每天这个时候，就到了肖邦的曲子。

看守岗亭的师傅从炉子上取下热好的铝饭盒，开始吃起白菜和大排，这是夜班工人的福利。他一边嘘着嘴吃烫肉，一边看着这些等待上班的工人。

我回头望，附近家属区低矮的厨房窗户里，油烟蹿出来，家家户户都在炒菜。灯光过于昏黄，夜雾过于厚重。

我缩在棉袄里，喜欢我的生命。喜欢火车跑过后焦炭的香味。

我是钢铁工业的女儿。我是父母的孩子，但我更加是钢城的孩子。对于我来说，一遍又一遍地追溯钢城的点滴，更像是在追溯一位宏观上的母亲的细节。

我后来小学和初中都在广播站工作过。

下午四点半下课，五点半的时候，学校里几乎就没有人了。我读学生来稿，并不做筛选，而是把所有的稿件全部读完，甚至就连两行字的班级简报，只要寄到广播站的信箱的，我都要读完才行。

等学校完全安静下来，校园呈现出另一副样子，那些松柏恢复了静默的生命，要听曲子。黑胶唱片有几百张，整整齐齐码在纸盒里，发出一种淡香，不知道是谁整理的，从我来工作时就是这样。

我对音乐一窍不通，随机抽出一张勃拉姆斯，完全不知道他是谁，放在唱机上，勾起唱针，让它随意落在某一个音符上。然后我走到窗边，听我自己播放的音乐。一直听一直听，直到天彻底黑下来，我才收拾屋子，准备回家。

多么任性，如同国王。

校园破旧，但美极了，火红的晚霞和灰色的水泥地面都是我的，国旗台的台阶是我的，高大的梧桐树也是我的。

我说听贝多芬，它们说好的。我说听莫扎特，它们说也行。没人管我，根本没人管我。我再说要听柴可夫斯基，它们说那就《天鹅湖》，《天鹅湖》好听。我知道天鹅湖的轨道在哪里，那尖锐的小针我一放就准。

我想，如果说我的性格中有一些乐天知命和天生的愉快，那是被钢城赋予的，被这些黑胶唱片从空中降落赋予的，它们开启了我，点醒了我。

——生存的愉快无处不在。有些人被天空点醒，有些人被乐符点醒，有些人被夜晚的黑暗点醒……生的崇高的、不可言说的美被领悟到了就是领悟到了，它对所有人都是如此

○

公平，如此平静。我向来这样认为。

我以此来解释我终究走上这条路的原因，说到底，无非因为我还是个人啊，我有无尽的对生的热爱。我想将我成为一个人之后领略到的美表达出来。我一路摸索，渴求，极力地去思考……

文字纵然不可能总是真正描述那"生之道"，但趋近它即是我的工作。

一旦扎进去，宇宙的深邃旷远再次出现了……

我释然了，我竟然还是在完成梦想的路上——仰望遥远的不知底的所在，观测人被牵引的那股神秘的力量，记录点滴美与哀的瞬间。

"沙漠观测站"不必真的在沙漠。

在我明白了这一点后，我才感到自己重新活了过来。

·

三十七　回溯：振生、米店

我在初中时有一个文学上的知己。

初中三年中我经历了许多事情，结识了好多同学朋友，但一旦落到想写一个人物时，始终忘不掉的，是他。

那是个男同学，叫振生，个子比我矮，坐在我的斜前方。他长得黑，眼睛圆圆大大，眼神宁静。同学三年我从未见过他发脾气。他书法画画都好，入学没多久就被老师选为黑板报负责人，一干就是三年。

他家中贫穷（父母都不是正式职工），身上的衣服裤子总是有补丁或者破洞，鞋子是从厂里拿回的胶带做鞋底、妈妈给缝的鞋面，大脚趾那里总是破的。甚而，那原本就是别人穿剩下的，接着给他穿。他从来也不嫌弃，总是大大方方地穿着，不把这些物质生活的窘迫放在心上。

有一次，他从那个已经洗得泛白的军绿色书包里拿出一本翻旧了的盗版《宋词三百首》给我："你看看吧，写得好极了。"

我接过那本书，感觉他的表情、神态、语气好像是一个催眠师，将我催眠了。那本《宋词三百首》几乎像是发出金色的光芒，绝不是一本普通的盗版书，而是天上仙书，人间绝品。

他郑重其事，对我信任有加，真心要与我分享，真心要

○

和我做文学上的交流。

我是从夜晚在床上看他递给我的这本旧书开始，真正感觉到自己与文和字的关系是那样亲近、那样灵动的，我感觉到文字的力量在源源不断地灌注到我的心中，令我升起绝对的自信：我领悟到的东西，我也可以表达出来，文字与我是相熟的。

我后来也看过许多许多书，但是再也没有哪一本书像那本书那样，由他黑黑的肉手递给我，发着光，有某种神性。

他还向我推介过苏童的书，很认真地谈论到苏童在香樟树街里写的少年"很像我们"，很值得读一读。在此之前，我还从未看过当代文学的作品。

我看完苏童的作品之后十分惊讶，没想到叙述一个故事可以那样绮丽哀婉，好像文字里藏着一个声音喑哑的收音机，又好像整个故事都已经变成了电影在我脑海中缓慢播放。他微微笑了笑（好像知道我一定会被镇住），又从书包里掏出两本苏童其他的书，邀请我看完。

在美术课上，我见过他写毛笔字，沉稳自信，一挥而就，仿佛周围观看他写字的同学们都不存在，整个教室只有他一个人和眼前的纸墨。美术老师总是忍不住要凑过来看他写字画画，时不时指点他几句，他认真地听着，有时候笑笑，表示自己并不认同。他话少，几乎从不说三道四。只要开口，他和我之间的交谈就总是他最近看的书，他的心得体会，他

·

也想写一个像苏童那样的故事，他的灵感……除此之外，他几乎一声不吭。他是那样一个安静到禅定的人。

上了高中后，振生消失了。我听说他去了技校，没有细打听，好多初中同学为了毕业能留在钢城工作，选择去技校读书。我不知道他中考的成绩好坏，但是我知道他毫无疑问是一个天才。

忙碌的生活令我将他忘记了。

大二暑假回家，我坐在出租车上，远远地看到一个熟悉的身影在菜场入口的米店门口背米。

那一百斤的米背在他的肩膀上，令他整个身子颤颤巍巍的，破布鞋几乎要被踩扁了。

我不敢相信我的眼睛！

是他吗？是他！！！

那是他圆头圆脑的背影！那是我的好朋友，振生！

他个子还是那样矮，稍微壮了些。

车很快开过去，我扭过头死死盯住那个背影看……现在想起来，我为什么不立刻从车上下来，跑过去找他说几句话呢！我为什么在犹豫中错过了他！……我应该从车上下来，拎着行李走过去和他说几句啊！我在一股凝重的犹豫中，死死扣住座椅的皮革，盯着他，直到他在我的视野中越变越小……

他初中时与我的交情被我全部想起来了，我难受得要命。我不敢相信我那个书画双绝的好朋友竟然在米店背着重担在

○

167

日日辛劳地工作……好脾气的他，对贫困的生活没有一句抱怨的他……

振生是该去央美的人，他该去纽约该去巴黎，他怎么去背米了？

命运将这样一个线头从时间线索中抽出来，重新摔在我的面前，我再也难以忘记振生了。

又过了十多年，当我想要写一部长篇小说时，我的笔不知不觉地写到振生了，他吃力地背米的样子始终在我的心中挥散不去。

而我们自从初中毕业后，已经二十多年都未联系过了。我以我对振生有限的了解，想到他从前一向平静的面容，我猜，他并不记挂着命运的轨迹落在泥坑还是桃花树顶，他喜爱画画和书法，爱读书，并不因老师的表扬。他会一直画下去，一直读下去。

我将我多年想说的话放在我的小说里，放进主人公的命运中。而振生，我的初中同学，我的命运中遇到的第一个文学知己，一位少年天才，他在多年前帮助我走入文字的世界后，又再次在故事中协助我完成了人物的架构。

他是我生命中匆匆别过的好朋友。

我要记录下他对我巨大的影响，就像暗夜中一只小小的萤火虫飞落在我的肩膀，那绿荧荧的光纵然是微弱的，但是在黑夜中是那么的宝贵。

·

他是书画的天才，更是禅定的天才。这是毋庸置疑的。

而我只是由于幸运，成了一名文学院的研究生，但在我的背后，还有许许多多个"正在背米的天才"，我是因为和他们生活在一起，才收获了许多有益的点滴，从而踏向了那条学业之路。

所以，我怎么能仅仅是我？我又有什么可以自得的？

不，我从此以后将要背负他们的重量，继续攀爬，持续攀爬，攀向那遥远的未知之顶。

有这样一群人，他们冲锋陷阵，有一部分人作掩护，有一部分人中途牺牲，只有极少的一部分人突出重围。这些突出重围的人，从此以后，就绝不仅仅是为了自己而前进了。

文脉之河从他们脚下流过。他们的任务于是变得清晰。

○

三十八　向那些突然离去的生命告别

在我读本科的这四年里，我听闻了两个家乡女孩的离去。

一个是高中隔壁班的姑娘，蛋的初中同学，我以前同桌的表妹。她长得很白，眼睛大大的，牙齿也大大的。听说她在上海读书的时候，租了一间房子，晚上在屋内洗澡的时候一氧化碳中毒，离开了。

蛋在信中向我写道："上个星期我还在给她打电话，我们还约好回家以后要出去逛街……"

后来蛋很少再提到她，但是显然，一位密友的离去，极大地改变了蛋的人生观。在后来，她总是荒唐度日时，挂在嘴边的就是那句："我活不过三十岁的，我有预感，谁也别来管我。"

还有一个女孩，是双胞胎中的一个。两姐妹长得一模一样，白白净净，扎两根麻花辫，上面绑着粉色的小花发饰。从初中开始，我就总是遇到她们俩慢悠悠地在校园里行走，上学，放学，回家。她们俩白得几乎一尘不染，和我是完全不同的人，我邋里邋遢，吃遍学校周边各类不卫生的零食，而她们肯定一口都不会去尝。

大三的时候，一天下午，我在电脑的新闻端看到一起恶性伤人案件：一个精神病冲进南昌一处大学密集区的网吧里，无差别地用菜刀砍死了若干学生。晚上，我就从同学那里听说，其中一个被当场砍死的女孩，就是那双胞胎中的一个。

我心内巨震。她们比我高一届，据说考的大学都不错，我还曾经希望能做一个像她们那样文静的女高中生。她们这对双生子在我眼前晃来晃去足有五六年的时间。我无法想象。像她那样秀气的女孩子，即便走到了人生的最后阶段，也不该是如此。那是多么惨烈的景象！她不该得到这样的结局，多么不公平！

那天晚上，我为她痛哭了一场。

生命被摧折，被踩躏，被碾压。一朵花掉落下来，随后被踩成粉末。令人万般心痛。

我暂时接受不了这样的人间苦难。

○

三十九　第一次独自旅行：祭祖

确定考上文学院之后，我去了一趟苏北。那是父亲的老家，也是我久未谋面的老家。考上研是一桩大事，因此我才有机会出这趟门。

我先去武汉坐火车到上海，一位考上复旦医学院的男同学过来接我，把我送到长途汽车站。

我们俩从初中开始就是同学。初一的时候我们猛打了几次架，我爆锤他的肩膀，他抬脚踢我的胸腔，彼此都向老师指控对方更加暴力。后来慢慢长大，彼此再也不说话，也不可能打架。以学业为重之后，他戴上银边眼镜，有了心事，开始像个斯文的人，从前冷酷的影子再也看不到了。

我们彼此写信，交流大学生活。有一次，他随信给我寄了两包豆奶粉，请我尝尝，说是非常好喝。

我略略领会到了某种没有说明的意思，于是，既没有喝豆奶（我对奶制品过敏），也没有回信谈到这一点。

他有很多生活小妙招，都分享给我了：比如，发手机信息不能急着回，那样一个小时之内你就不知不觉发了好多信息，钱也就不知不觉地花光了。应该在收到信息之后等一等，缓一缓，干点什么别的事情，然后再回复。这样，一个小时之内，你和朋友还保持着联络，可是花的钱却很少。

还有一些透彻却依旧冷酷的洞见：你们女孩选择男孩其

实非常简单而且残酷，你们要么选帅的，要么选有钱的。其他的你们从不考虑。——当时我无法对这样的判断做出评价，这超出了我的生活经验。

大巴车启动之后，接下来的旅程就剩我一个人了。

这是我第一次独自出远门。

那正是暮春时分，太阳西落后，水乡的雾气就升起来了。

驶离上海城区后，车辆进入旷阔的高速。我觉得我终于走入了另一个世界，忘却了此间此刻。道路两旁种有连绵不绝的苍绿色大树，古堡似的酒店和彩色的儿童乐园飞速从眼前划过……我仿佛做起梦来，仿佛我血脉中遥远的家乡正在缓慢抚摸我，令一切如梦似幻。

我短暂地逃离了母亲、校园、周遭的人，只剩下了自己，突然实现了之前看那出租屋时的想法：就一个人待着，就自己。

当我看到淡蓝色的雾气混着烧秸秆的烟袅袅上升时，心神摇荡，感到一种由田野带来的美好和甘甜——我意识到自己永远不会忘记这一次长途车上所看到的景色，永远不会忘记这一次的体验——我发现自己极其喜爱田间地头，当我在车上遥望窗外风景连续几个小时后更加确认了这一点（从前高三每天早上要走过地坑时还没有这样清晰的确认）。

过了没多久，昏黄的路灯亮起来，前路雾气更加浓重，两旁已经全部都是菜地。那些菜我很熟悉：白菜、油菜、萝卜、

○

173

黄瓜、丝瓜……绿油油一大片延伸开去，尽是生长的喜悦。

土地静默无言，是我更为本质的来处，也将是我的归处。

堂哥开车来接我。

"还要坐轮渡过江吗？"我问。

"要呀。不过明年就不要了，大桥很快修好。"

轮渡站已经荒凉，从前码头边挤挤挨挨的小食品推车都不见了，怎么一瞬间大家坐轮渡都不再吃菱角鸡腿和茶叶蛋了呢？

我记得小时候屡次和父亲坐轮渡到江北，他总是要买菱角鸡腿茶叶蛋的。菱角先咬一个口子，再小心用手掰开，露出热气腾腾的白嫩的果肉来。不甜，我小时候吃得少，但父亲总是要不停地吃的。"到了老家怎么能不吃菱角？"他很坚持这一点。

那个时候他还年轻，心中从未放下过自己苏北的家乡，幻想着有一天退休了还能回到他日日牵挂的村子里去。十九岁出门工作，那之后的生活对于他来说只是乡村生活的物质补充罢了。从内心来说，他始终都是一个苏北人，并且引以为豪。也因此，他一直不能把普通话说好。着急的时候，举手投足、说话骂人，从来都是地道的苏北腔调。这在钢城，倒是一个很值得推崇的习惯——许多人都带着各自的方言聚集一处，方言标记了一个人的许多未被语言明说的东西。

第二天中午吃过饭，堂哥买了黄纸，带上我，绕行去田里爷爷奶奶的墓前（村里有规矩，黄纸不从家里过）。

他们的墓就在距离房子两百米左右的地方。坟包高度到我的肩膀。里面葬有爷爷的第一任老婆（我们称呼为大奶奶）、早夭的头生儿子（大家都叫他"驼子哥哥"）、奶奶早夭的一个女儿（是奶奶的头生女，名字似乎叫巧巧，据说调皮得要命，会爬很高的树，长得很好看，三岁左右得了伤寒夭折）。

所有来到过这个家族的人，死去之后，都被埋在这片土地之下。每年过年祭祀的时候，"驼子哥哥"和"巧巧"都要被念起，并且安心地享受美味的贡品（我后来接触到海灵格的"家族排序法"心理治疗学说时，便想到苏北老家的祭祀。伯伯们坚持下来的祭祀习惯是对的——一个都不能被忘记）。

我跪在黄土之前，低下头。堂哥在旁边蹲着烧纸，絮絮叨叨地对着坟头说我考学的事情。他成家之后，祭祖的事情都是他分内的事情了。

农田里香，刚烧完的秸秆香混着旁边种的橘子树柚子树（从没看堂哥堂姐们吃过，可能是酸的，正好入药。橘子长得凹凸不平，柚子倒是嫩黄发青，颜色相当漂亮），还有正开花的瓜果的香气，是我好几年都没有闻到的了。苏北平原这样看过去，是看不尽的，因为总有地雾和浓烟，也因为田地平展，一望无际。我直勾勾地向远处看，好像一眼就看到了天地相接的地方。

但父亲害怕平原。"一遇到灾荒就完了！不像其他地方，

○

靠山吃山，靠水吃水，总能活。平原不行，麦子完蛋了以后，什么都不长，顶多有红薯吃。谁爱吃红薯啊！吃几个月人就没力气了。"

这土地里藏着的故事是爷爷父亲的，我不熟悉，只能闻到香。只有他们，才对这苏北的棕黄色土地爱恨交织，却一辈子难以离开。

我爷爷是个裁缝，我就叫他徐裁缝吧。我出生没多久之后他就去世了，因此我从未见过他，只听过几桩与他有关的故事。

那会儿他也正年轻，夜里睡下了就不想起来。头生子调皮，待大人睡沉了，那孩子又叫唤起来："爹，爹！我要撒尿！抱我撒尿！"

徐裁缝正睡得迷糊，心里有气，将他抱起来重重放在马桶上一顿："撒吧！"

那孩子骨头娇嫩，被这样一顿挫，伤了脊椎，成了驼子。脊椎受伤之后，很快开始持续发烧，拖了好几个月，终于还是夭折了。

徐裁缝的第一任老婆悲痛欲绝，没几年便因病去世，埋葬在了屋后的田下。几年后，他才娶了我奶奶，然后有了现在的一大家子。

徐裁缝从那以后就不太说话，成了个沉默的人。再婚后，为了养活家人，他带着缝纫手艺去了花花世界的上海。

·

徐裁缝后来的人生有许多部分是我想象的：

徐裁缝在上海干了十来年裁缝，什么衣服都做，没有缝纫机，全靠手缝。他手劲大，也巧，针脚厚实细密，是从小练出来的功夫。上海滩二十多年风云变幻，他都不理。存了一些钱，他给了苏北老乡，让他们在闸北区新建的二层房子上替他多盖一个阁楼。这样，三十多岁的时候，他在上海滩就拥有了一间百分之百属于自己的小屋。全都木质，走起来嘎吱嘎吱响。五六平方米大小，可以放下一张小床，一张桌子，侧面开老虎窗，夏天的时候风吹进来，舒爽极了。再后来钢厂招工，徐裁缝放下剪刀针线，当了光荣的工人，离开了上海。

那间闸北区的阁楼早已不知所终。不过很有意思，我也很喜欢看各式各样的阁楼，四处搜集图片。这爱好也许遗传自徐裁缝。隔了六七十年，他在上海艰难求生的境遇与我后来在北京生活的心情恐怕很像吧？心中想着，哪怕只有五平方呢，哪怕只有一个小屋呢。

我上初中时，意外地在家里的樟木箱里发现了一整套小孩的棉衣棉裤：是给两岁左右的孩子准备的，红色缎面，全手工缝制，针脚均匀，棉线过了十几年依然结实。棉衣上的盘扣也出自手工，盘得结结实实，缝得平平整整。除了日常穿着的衣裤外，还有一件和电视上林黛玉披着的一模一样的斗篷，粉红色缎面，帽子上镶了一圈纯白色的兔毛，领口坠

○

下两颗沉甸甸的毛球——这是在我出生后，徐裁缝为我缝制的。没过两年，他就去世了。他绝不是一个安于庸常的裁缝。那件斗篷的款式设计，即使拿到现在来看，也绝不过时，甚至称得上时尚。

村子附近几十里没有那样的布店。徐裁缝一定在某个清晨，起了一个大早，赶上进城的牛车或者马车，中途转了几次，等待了许久，才能到镇上他熟悉的布店不计成本地买下了这一块漂亮的发着光的绸缎布料，随后怀着微微的兴奋，返回村子里。夜晚，刚吃过晚饭，他已经裁剪起来：他戴上老花眼镜，指尖依然敏锐灵巧，穿针引线不需要别人的帮忙……

如果不是那套做工精致的小孩棉衣裤，我将失去关于徐裁缝的所有线索。如果没有那套衣服，当有人向我谈到他时，说到他以前是个裁缝，后来是个工人，我只能接受一个模糊的信息，在心中勾勒出一个平凡老人的一生。但是有了这套衣服之后，我在某种程度上深深地理解了他，我认为他在自己的小小世界里，是一个懂得色彩懂得搭配的服装行家。他一辈子都没有忘记自己的手艺，一辈子都是一个衣料匠人，从他在生命的最后两年里为我所做的衣服就能明白。

是徐裁缝，将另一个故乡带给了我：苏北。这是命运的丝线交相编织的结果。

第二天下午，我离开村子，前往常州堂姐家。

·

四十　常州天宁寺

堂姐夫是黄桥人，以前有一次回乡过年，我和小堂姐一起去他黄桥的家里吃午饭。

我一路坐在车里看稀奇：黄桥的村子和泰兴的村子一个样子嘛，黄桥人说话也和泰兴人差不多嘛，小河也一样，小桥也一样……我几乎分辨不出来这两个地方有什么区别……但进到村子里就不一样了，很多民宅的墙上都粉刷着广告，大大的白色仿宋字体写着黄桥最有名的小吃：正宗黄桥烧饼。

我和小堂姐立刻就近找了个小摊贩，买了两块吃起来：外面烤得焦黄，酥酥脆脆的，咬到底又很像油条。没有加糖也没有加盐，咽进去的时候挺噎。没有吃出什么味道来，可能是我们已经吃过很多好吃的了，对于这种苏北人民从前热爱的美食已经失去了珍惜的心情。

这一次，堂姐带我去新建的黄桥复古院落到处逛了逛。白墙灰瓦，流水人家，奇石竹帘，很幽静的一排排屋舍雅致地坐落于河边。石碑上说明，这是由从前某一年的进士宅邸改建而成。不敢相信这如此富足的模样同样也是苏北。从父亲对我的描述中，我得到这样的印象：苏北时常闹粮荒，过年能吃上两个肉包子，上澡堂子泡个热水澡，就是最平实幸福的日子。

就连现在，这种知足常乐的态度也依然在下一代人中缓

○

179

慢延续着。前一天下午，大家都睡着了，嫂子还带我去灶房，掀开不锈钢大盆上的白纱布，舀了一大勺红豆沙给我吃，自己也吃了满满一口："你大妈做的豆沙好吃吧？"

"好吃。"我说。

"我没事就过来偷吃一口。"嫂子说。

我往盆里看看，确实如此，盆中已经出现了好几个巨大的深坑。

从复古院落里出来，我们返回城内，姐姐不知道为什么，突然想要带我去天宁寺看看。

我们在常州精致繁华的精品店里，吃了蛋挞，喝了水果茶，原本可能一直这样逛吃逛吃下去，她突然停下来，说："走吧，去常州最大的庙里看一看。"

寺庙修在高处，气势恢宏，静默中挟着难以尽言的威严。尽管寺内人山人海，但却没有一人大声喧哗。穿着灰袍的僧人肃穆地走过人群，眉目低垂，不与人对视。

我绕着巍峨的佛塔转了几圈，腿脚已经累了，找了个台阶坐下来。

一阵风吹过来，耳边"叮叮当当"地响起清脆的风铃声。

我于是仰头向上看去，佛塔的六角都挂了风铃，此刻正随风飞舞，发出幽远孤寂的铃声。眼神从上落下，对面墙壁上硕大的四个字映入眼帘：

"不立文字。"

．

我愣住了。

那个时候的我，已经和读理工科时的我截然不同了——我已经攻读了半年多的文科课程，掌握了不少的文史哲理论，收获了全新的对生命生活的理解，这一切，靠的都是文字。佛经三万六千册，浩瀚无边，如果不立文字，这些经书又为何写出来？那思想怎么传播，人该如何点醒自己呢？

我一度认为这句话实在是没有道理。

我就此陷入沉思，心中一直留着关于这句话的巨大疑问（直到现在）。

时光飞逝，历经一些凡尘琐事之后，我终于有了一些体会——有太多的领悟是没法通过文字表达和传达的，有太多苦痛和执着是由文字而起的。

一句话，一行字，人紧紧抓着，有时候一辈子不肯松手。

文字写下，其中裹挟的错误也就留存下来。文字存在多久，那些错误也就跟着一起传播多久。

语词常常误人，而人不自知。

不立文字，彻底淡然，明了就是明了，迷了也就随它迷去。

写下与不写下，没有我想象中的那么大的分别。多少书千万字，也就在时光隧道里湮灭得灰都不剩了。

这是我人生中参观的第一家寺庙。

○

四十一　告别

本科最后两个月的时光，我是在辩论队的封闭训练宿舍里度过的。

我记得那阵子我只要一闭上眼睛就立刻陷入一种类似昏迷过去的睡眠之中，第二天早上也起不来。浓烈的倦意夹杂着无法说明的忧伤在我身体里潜伏，我感到我已经好几年没有好好休息过了：从高考到进入大学，到四年本科生活结束……我太累了。而且正值毕业季，同学们正一个个收拾包裹回家。

清晨，还有雾，我早起了一次，溜回宿舍，专门赶回去送羊回云南老家。

羊正拎着行李从五楼往下走，我放慢了脚步，跟着她走。

她说："你以后去怒江找我，一定要来。不要嫌弃我们村子偏。"

"好，我一定来！"我说。

我看着羊登上开往昆明的火车。

云南多么远啊，我什么时候才能去怒江边的村子找到美丽的羊呢？

我盯着她看，想要把她那张瘦削的鹅蛋脸记在脑子里。使劲记。羊在努力笑着，向我们挥手。

晚上我又从辩论队宿舍回去收拾床铺。

英子过来瞧我，说，不必送来送去了，六楼的几个相熟的同学都考上了化学系的研究生，再过两个月大家还得见面。

曼端着盆走进屋，说，好久没看到你，大家要毕业了你不在，心里空落落的。

曼有着超强的语言能力，其实论表达，她比我强得多了，她总是能一句话就说到我的心坎上去。"空落落的"，大学四年里，我们之间很少说出这样袒露感情的话。

我点点头，踩着铁架子去看我上铺的床上还有什么落下的东西。什么也不剩下了，只有一床青色与黄色间杂的草席子铺着，那席子我不要了，就留在那吧。这席子最初领回来的时候可费劲了，几千名新生在大礼堂排了三四个小时的大长队。

我真想找一个空旷的地方坐一坐，安静一会，想一想许多事情。我的脑子里东西很多很乱，我得想想才行。但辩论队的晚训又要开始了，我拿了一条毛巾和几支笔，再次离开。

⋯⋯⋯⋯⋯⋯

我跟英子回过她的老家湘潭。她也是厂矿子弟，厂区家属区附近有什么好吃的她可都是门清。早上她带我吃牛肉米粉，中午晚上吃炒菜，肚子总是饱的，嘴巴总是馋的。

第二天晚上我们早早吃了饭，穿戴整齐出来看烟花。

英子反复提醒我："一定要跟紧啊，千万别走散了！看烟花的人好多好多！"

晚上八点左右，果然人山人海，人头攒动。我们俩紧紧

○

183

依偎着，仰着脖子盯紧河对岸的深蓝色天空。主办方一点也不小气，绚烂的烟花很快一个接一个地放起来，中间一点都不偷懒。

每放一个，我们就惊叹一声，直到嗓子都叫哑了，好看的巨大的烟花还在层出不穷地放着。湘潭真是一个大方的地方！

我们跟着曼去过很多次华科，因为她和"表哥"两个人总是对我们说学校里的微机教室可以免费上网。

知道要去华科，我们头天晚上就要把穿什么衣服想好。那里男生多，要好好收拾头脸，不能给自己的学校丢人。一大早我们就坐上"子弹头"一般的公交车前往华科，一路风驰电掣。路过地坑时，公交车会腾飞起来，又重重落下。我每次都扶着下巴，怕把牙齿磕坏了。

下了车，瘦弱的表哥会笑眯眯地前来接我们，并逐一点评：为什么不披着头发呀！为什么要留短发啊！（其实已经够重视的了，平常上课我从来不梳头）怎么不穿裙子？没有买短裙吗？啰里啰唆，倒也不猥琐，而是显得幼稚。他们和我们一样，对异性的认知，只有一个又一个的符号。我们都很幼稚。华科虽然男生很多，但是没有一个与我们有关。我们只看到一件又一件的蓝色校服，巨大的框架眼镜，目不斜视匆匆走过的身影，就像进到一场巨大的游戏场景里。我们在食堂里吃饭，在校园里看稀奇，直到腿都要走断了，才坐上公交车，在差不多十秒钟后（感觉上是的，甚至更快，"嗖——"，到了）

·

回到自己的学校。

最后的最后，"表哥"根本不是表哥，而是男朋友。我们这群笨蛋，四年了，硬是一点都没有看出来，也从未怀疑过。

因此，从种种事实可以看出来，上述谈到的这帮人的心理年龄大概都比实际年龄小不少。

我是外星人我看不出来很正常，但是其他人到底是怎么搞的？

○

四十二　四百块难倒英雄汉

　　一开始，带队老师通知，辩论队开拔前往福州参加比赛是需要队员自己付路费的，四百元左右。我只好给母亲打电话。

　　她坚持不肯相信，说我在骗她，第一我根本没有进入什么校辩论队，第二这所谓的四百元完全就是一个骗局，我绝不可能从她那里再拿到一分钱。她喊我立刻买票回家……电话里她的嗓音炸裂，吼声震天，十分可怕。

　　我没办法，只好转而告诉带队老师这个消息：我妈不掏钱，叫我立刻回家。我在大四下学期为了找工作打印简历、买资料准备复试、打印毕业论文、准备各种毕业事宜已经花了很多钱，确实我自己也掏不出来四百块钱。接下来，我咋办？我是不是只能退出了？

　　带队老师气得要命，认为我在骗她，她绝不相信世界上有这样的母亲，认为我是一派胡言，目的就是为了不再参加辩论赛！

　　她对我说，纳我入队，完全是出于对理科院系必须有个名额的考虑，像我这样动不动就说要退出的不负责任的队员，对自己的水平应该完全心里有数，能够进入辩论队对我的水平来说，绝对是一种组织上的照顾。

　　我灰头土脸地离开了辩论队，返回家中。

　　但在我走后，事情很快就发生了变化，学校拨出了款子全权负责辩论队的衣食住行（这确实也应该是学校负责的），所有人都可以前往福州没有任何负担地参加比赛。但老师没有给我打电话，也没有任何一个人告诉我这个消息——整个辩论队只有我一个人没有前往比赛现场。

当新学期开学时，几位队友向我诉说福州的海边有多么美丽，台湾的同龄大学生们有多么有趣多么友善，我们学校拿到了第三名的好成绩的时候，我震惊之余，哭笑不得。

我确实不擅长辩论技巧（后续再也没有参加过任何辩论活动），在体能上也达到了极限，表述的时候也常常词不达意（如果换一种说法，也许那位带队老师能很快明白我的意思），我去与不去，对总体比赛结果可能还真的就是没有影响。

这件事情让我明白，我虽然考得不错，能够进入文学院进一步学习，但实际上，距离很多文科类的高手，我还差得很远很远，还有很长一段路要艰难行走。让我不曾言明的狂妄自大受一点应得的打击，这未尝不是"四百块事件"给我的警示。

我在一场一辩的辩词中这样写道："天行有常，不为尧存，不为桀亡。"这话是突然出现在我的笔下的，我早已经忘了在哪里看到的这句话，但是一旦它被我写下来，我就知道，我会靠这句话熬过很多艰难的日子。只要我认定我是天地之子，许多事情就不能轻易地伤害我。这是我从每一天每一天的煎熬中寻找到的最有用的药方。就这一句话，天地之子，就足

○

够了。

…………

我在我的心中，对接下来所面临的世界模型的描述是这样的：我离开沙漠，进入人类世界，学习人类的文明。一开始就摔了一跤。但是这算什么，后面有的是各种磨难等着我呐。头破血流，皆是家常便饭啊！当然，我在本科毕业的那个时候，没有想到接下来的困难会那么难熬，但是，我仍然要说，我在其中获得的喜悦和快乐远远大过我所经历的锉磨。

因为，失去"沙漠观测站"的教训实在是太深刻难忘。

在本科四年之中，我时常感到词不达意，难以表达自身，内心茫然，精神生命处在奄奄一息的状态之下。正是在这时，信使们降落在我身边，他们温暖我，鼓励我，给我带来无穷的力量和真正的线索，引领着我向着那条道路前进。他们真实地存在于我的生活中，真实地具有那种温暖强大的力量。这是人间至美之处，是生活的甘泉。是我行走至今的"所来之处"。

只要我能将这种力量传递出去，我的生命就是有意义的。

·

第三章　　　我的哲学生活

四十三 一次"社会实践"

那就是，我谈了一个"似是而非"的男朋友。

我跟他一点也不熟，本科四年是化学系同学，硬是没有说过话。考研结果下来之后，在频繁的毕业活动中，我们略有交集。随后，他找到我给我提了一个建议："我们以后都是研究生了，是不是可以互相考虑一下？"

很有理有据的一个建议。

我接受了这个建议，最主要的原因是我想将自己的性别体验确定下来。从前我是模糊的。我刚进校的时候，是超短发，戴黑框眼镜，穿的是钢厂发给工人上班穿的灰色中长款棉袄大衣。当我双手插兜，背对着走廊，和英子看着窗外聊天时，有女孩惊叫一声："怎么男生进来啦！"我也穿裙子，圆领T恤，可是我对此毫无感觉，纯粹是因为穿裤子太热了，而且长裤洗起来很累人。我暗恋别人时，仅仅是目光注视就可以了。当对方拉上我的手慢悠悠散起步来，我感到温暖，亲密无间，但那仍然是多了一个好朋友的兴高采烈。我看过很多爱情小说，但是从未真的明白身处其中到底意味着什么。女性，男性，他们到底怎么了？这其中有什么复杂的难以表达的内涵？——对于人类世界这最深沉、最善变、最多谈论的领域，如果我没有亲身体验过，我怎么能读懂接下去的书山文海呢？我必须真的去试一试。

○

191

这道人类的终极大题，我必须真的去求解一次，才算迈入成人的世界。

本科毕业的暑假，他给我提出了一个非常好的提议："我们应该写信。尽管大家都已经有了手机，发信息也非常迅捷（虽然很贵），但是，情侣之间鸿雁传书依然是浪漫的、有特别意义的，你觉得怎么样？"

我说："那当然好啊！"

写信，没有人比我更喜欢写信了。

本科期间，我的小堂姐正在集邮的狂热阶段，她每次给我寄信，都会贴上一枚极其珍贵的邮票（她在信中向我描述过），可每一次，这枚邮票都不知道被哪一道程序上的经手人给想办法泡水弄走了。即使这样，我也毫不在乎，与她写了许多信，谈了许多微不足道的小事情，表达了一个又一个微渺的小愿望。

我和"似是而非"的通信很快就中断了。母亲在我出门的时候，走进我的房间，拆掉所有的信看了一遍。等我回来以后，又是一通轰炸，接连好多天，导致暑假也过得十分疲惫。

我提前两天抵达校园。搬进了研究生宿舍。还是坑坑洼洼的水泥地面，还是墙壁掏洞作为衣柜，还是每个月都要堵得死死的敞开式厕所。但我已经十分平静了（熟视无睹）。"似是而非"约我在校园内散步，去新建好的露天体育馆的卡座里说话。整个谈话围绕着他这个暑假新买的"乔丹篮球鞋"展开。

·

他激动地把一条腿抬起来，指着鞋子向我介绍：乔丹鞋，他早已慕名许久许久。昂贵，有范，是青年人的图腾！因为他向他的母亲说明他已经开始跟我谈恋爱了，于是他妈妈批给他五百块的活动经费。一双昂贵的鞋子，原价一千多，打折后七百。但他已经有了五百。接下来，他又想办法凑了二百，终于去商场把这双渴望了很久的篮球鞋给买下来了。

"只可惜打折款已经没有我的码了，我只好买了这双唯一剩下的了。小两个码，你看，我这几天使劲穿，想把它撑大一点，结果把我的小脚趾磨破了，出了血泡结了老茧。痛得要命啊！"他随后把鞋袜脱了，给我看他小脚趾上的老茧。

很厚实的晶莹透亮的一枚老茧，令小脚趾粗了好多，看上去像个拐枣。

我有些为难，不知道该怎么接这个话，只好问他："非要穿吗？要不你停两天先穿别的吧？"

"欸，买了乔丹就要穿在脚上啊。这可是乔丹！必须给我那帮打球的哥们看看！"

我点点头，看向远方有些灰蒙蒙的天空。武汉的夏末仍旧是很热，但是此刻的天空却有点秋天的萧索了，乌云薄薄地摊开来，一片连着一片，说不上会不会下雨，也有可能明天就被风吹走了。我想立刻去西门菜市场看看那间租书屋开门了没有。

我没有立刻中断这一次的解题过程。

○

过了些天，我把我写的几个小短篇拿给他看，里面写的是一些颓丧的都市生活，模仿的是当年十分有名的几位网络作家的风格。他没有说出什么看法，倒是问了我一个很难回答的问题："那些都市男女之间复杂的事情你是怎么知道的？你写的东西，如果自己没有经历过，你怎么可能写出来，还写得那么细呢？"他的目光里充满了对我的疑问。

　　我倒是结结实实地被问住了，想了一会才说："全靠想象。"

　　"不可能吧，里面有很多交往的细节……"他看向我的目光更加充满玩味了。

　　我很不喜欢这种否定式的提问，干脆不再回答。

　　就此之后，那几个小短篇就被我扔下了，既没有修改，也没有再拿出去给别人看。将别人小说中的细节搓揉一番，捏合成自己的小说，就会遇到这样的问题，并且很难回答。

　　从这次谈话之后，我意识到，我必须要写出自己的小说来，不是别的故事的影子，不是模仿，不是嫁接某种自己根本不理解的情绪情感，而是要从自己的生活生发出来的有劲道的有意思的故事。我倒就此停笔了，决心不在自己没有想清楚的情况之下写故事。也因此，不能说他对我一点触动也没有，起码启发了我的一股牛劲吧。一个学期后，我们的联系越来越少，没法再继续这场恋爱，否则就要从聊"生活天"走到聊"针锋相对天"了。

　　这一学期，好几场重感冒席卷校园，我也被传染，好几次夜里跑到校医院，挂急诊，打点滴。注射室里，日光灯惨白，点滴漫长，总也打不完。每个人都在发烧，全身酸痛。陌生的同学们三三两两地坐着，面色灰黄，歪靠着长椅，无人交谈。在这样的深夜时分，武汉这座强悍的城市和这座粗手粗脚的校园淡去了，留在黑夜中的，是沉默无语的青春，一闪而过的美丽脸庞，医院里修不好的滴水的水龙头。

那天晚上，我照常来打点滴。

一个女孩倚靠着门框，虚弱地站着，等待医生。她留着齐耳的短发，面色铁青，一看就病得很严重，发烧好几天了。我向她看过去，很快就再也无法挪动目光：我从未见过这么漂亮的师姐（看上去她应该比我大个两岁左右）。她有着一张极其标准匀称的鹅蛋脸，杏仁眼悬胆鼻花瓣唇天鹅颈，完全是租书屋里那些小说封面人物的长相，但比画中的人物更加生动迷人。疾病非但没有摧折她，反而强化了她的美貌和冷清的气质。因为我会忍不住去想，在如此的疾病肆虐之下（她眼看着下一秒就要晕过去）都能如此美丽，那么，等她恢复健康之后，那容颜该有多么惊人？这该是怎样一位如仙女般的女子？刹那之间，我对这样惊鸿绝艳的容颜产生了敬畏之情、仰慕之心。同时也猛然意识到，这发生在深夜里的凝视带给我的震动，远远超过了我与"似是而非"同学为期三个月努力维持的友谊……

又过了一阵子，我与"似是而非"结束了这十分勉强的

○

"实践"。

　　有一些人是"日子人"，他们喜欢把日子过得琐碎而复杂：买鞋去哪家专卖店，买运动套装去哪个商场，礼拜几可以去食堂吃粉蒸肉，礼拜几拿着优惠券去肯德基，分数凑到多少就可以拿到学分顺利毕业……心里有一本账，记得清清楚楚。他们是商业社会的忠实拥趸，消费主义的信徒。对于他们来说，世界清晰可辨，可以牢牢地抓在手上，可以通过计算来获得。通过结识"似是而非"，我得到了一个关于自己的认识：我不是那样的人。我不喜欢那样活着。他就像一块飞过来的木板，撞痛了我的手臂，撞起了一个大包。

　　我通过这个青紫的大包，再次确认了我的部分自我。

·

四十四　艰难的学业

在我二十岁之前，我的生命表现为一个强烈的意志，即成为一名记录星类轨迹的天文学工作者，一个沙漠观测站的观测员，我的生活中的一切都是为了这个意志而服务、而进行调整，除此之外的所有事情都是不足一提的、可以忍耐的、一瞬而过的，我由此简化了我的生活，并且泾渭分明地在内心中规定了什么事是重要的，什么事是不重要的。这样一来，许多迫近的痛苦虽然像行走时脚上的伤口那样时时疼痛、折磨人，但它们终究是降了一格的，不被重视的。这个意志强烈坚定、拥有着稳定不息的光芒，我与它两相依靠，生活在一起，正如一名全心全意的笃定信徒。正因为这一点，我可以说是幸福的。

而在我开启文学院的研究生生涯时，就仿佛赤身裸体走进一条闹市街，过往的衣裤全部不能穿，一时也不知道去哪里可以找到一块布让自己可以遮遮羞，稍微躲一躲。我失去了从前固若金汤的意志，也就失去了那种简单的踏实的生活。

课程出乎意料地难。

考研进入文艺学专业就像是给了我一亩田、一把种子，让我在一年之内种出饱满漂亮的大西瓜来，我通过努力，辛勤劳动，到处问人，还能做到；而深入学习文艺学的研究生课程，就像是给我一个废弃的兵工厂，让我在一年之内造出

○

一架能跨越太平洋的飞机来！再也没有本科课程里那种生动活泼、深入浅出的公共课了。好像一瞬间，教授们都不再使用大白话授课，直接变成了晦涩难懂的语言，不懂的请学生们自行回去领会。

开学后的第一堂课，美学教授就对我们提出了要求——"原典精神"，杜绝二手咀嚼资料的侵蚀，也就是直接阅读原文，从中梳理出哲学家的理论架构。我傻眼了！书老老实实买回来，却怎么也读不懂，真的无法明白那么长的句子到底在说什么。为此我整整痛苦了两年，直到第三年开始写论文，我听到其他专业教授的吐槽，心中一直以来的自卑和愧疚才得到很大的纾解。"为什么文艺学的论文非要用这种谁也看不懂的语言去写呢？写论文不就是为了传播思想，传播理论吗？写成这样，指望着谁能读懂，谁能欣赏？"——天啊！我为什么没有早一点听到这样的吐槽！那样的话，也许，我早就开始寻找其他的解决方法，而不必困在那些超长的复杂句子里了。

现在再回头看，我还是觉得一开始就抱持着"原典精神"去学习哲学知识是不行的，那样的难度会吓退所有渴望在哲学中得到救赎、得到启发的学生们。正确的方法或许应该是：广泛阅读相关的介绍、趣闻、点评——心中产生疑问——对照书本进行重点句子的阅读——再次阅读各类点评、学术散文，保持兴趣和好奇——再回到原文，反复琢磨，进而慢慢地把整个原文读下来——阅读行业内著名的评论文章，形成自己的观点——回到原文，确认自己的观点是否正确；如此循环往复。

只有这样，心中那团渴望求知的烈火才不会被扑灭，才能始终保持着浓厚的兴趣和自信心跨过哲学的门槛。书本，即使是哲学书籍，也绝不是为了把学生吓退，不是某种庄严到绝不能质疑的权威象征。

然而，当时的我还不明白这些道理。我被自己的愚钝吓傻了，拼命去学。我看了好多书：柏拉图、亚里士多德、黑格尔、康德、海德格尔、拉康、维特根斯坦……

都没有掌握。

一开始我还不以为意，认为一定是自己心不够静、耐心还不充分、钻研还不够的原因，直到我放弃从图书馆无止境地等候书籍回馆的消息，干脆自己买来商务印书馆的新书读时，我才发现，这些书真的不是直接读就能读懂的。

我记得很清楚，我买来福柯和本雅明的书，在书桌前一字一句地大声朗读，如果遇到长句子我就慢慢读，如果遇到不懂的句子我就反复读好几遍直到理解为止。这个方法在我以前的学习经历中是一定有效的，是笨办法，但也是最直接的方法，等于用自己的声音督促自己一定要学进去。

但是我失败了！

我从上午读到下午，每当我以为自己懂得了这个句子以

○

后，很快下一个句子又以一种莫名其妙的面貌出现了，几乎和上一个句子难以联系起来形成一个完成的意思。我几乎是一边读一边哭。巨大的挫败感将我击垮了！我感到身体中部有一块巨大的水泥块，它阻碍了我去理解这些必读书目，阻碍了我哪怕获得一点点成就感，哪怕让自己骄傲得意至少一堂课。一次都没有。这在我相当顺利的学业生涯中是从未发生过的。我吃过很多瘪，但是我从没吃过学习的瘪。我把电子轨道跃迁的事情搞得明明白白的，但是我就是搞不懂康德在说什么，他为什么要说那些，他到底怎么了。我不能在被点名叫起来以后回答问题，告诉教授，我知道本雅明在说什么，我知道福柯理论的漏洞在哪里。而在以前，不管我是真的有宝贵看法还是为了标新立异让老师关注到我，我一定多少可以说出自己的看法以证明自己确实在课下用功了，但在研究生的课堂里，我完全做不到这一点。我的脑子是蒙的。

这是西方哲学部分，古代文论也好不到哪里去。那位体形微胖的老师，一上课就抱着厚厚的书本念，从不与学生对视，也不互动。他口中念念有词，几乎没有停歇的时候，好像真的就是一位穿越而来的古代巫师，要将无穷无尽的知识散播开来。他可以将整本《文心雕龙》倒背如流，随便说到哪一句，紧接着就能把接下来的一整篇全部背完！！我从他那里明白了《文心雕龙》的重要性，牢牢记住了这本书的名字，但是具体这本书到底厉害在哪里，我得过一些年才能搞清楚。

·

....

每一门课都是一座宝藏，但前提是我得推开那扇沉重的铁门。推不开，我就只能在门外干着急，瞎转圈。我急得眼睛冒火，但是一点办法都没有。真的，毫无办法。我心中全部都是对自己的谴责，但是我就是没有办法。整个研究生阶段，我极其渴望求知，渴望哲学来拯救我的心灵、武装我的头脑（我就是为了这个来的），但是那个三年里，我始终在慧海里溺水，心中痛苦自责，无法排解。

这个问题的真正解决，靠的是互联网技术的发达——越来越多的学校将自己的公开课放到网上，知名教授注册账号将自己终生所学倾囊相授；许多深度内容网站创业成功，学霸们将自己多年的学习心得发在网上……我看了很多这样的内容，去弥补我在研究生三年里巨大的缺憾，直到我终于不焦灼，终于不自责了，直到我可以大声地告诉别人，我就是学文艺学的，这个东西我知道一点，我来告诉你是怎么回事，其实很简单的。

无论如何，有一件事情是很值得做的：学习了一些很艰涩的好东西以后，变成大白话，告诉更多的人。

○

四十五　解决办法之一：到处逛，失败了

但是我身处当下困境之中，还是想要解决。我一度怀疑是我对生活太不了解才导致无法读懂书中的内容，因此决心做出改变。哲学的理论再高深，起码它都来自实践吧？那么，我应该去生活，我应该投入到红尘器器之中，应该让自己去其中翻滚折腾，也许有一天我就会瞬间看懂。

我跟着武汉本地的女同学坐公交车去汉口各大商场逛一整天，吃很多武汉小吃，听她们不停地聊天，夜晚组团一起去迪厅，倾听许多生活经验和恋爱故事，看很多很多电影；我们在虎泉夜市逛衣服，在汉口汉正街逛衣服，在武汉大学旁边所有的精品小店逛衣服，在镜子前比画自己的身形与衣服的契合度，不停地聊关于男孩女孩如何相处的话题，直到黄昏到来，她们回家吃晚饭，我回宿舍。

如果想知道一个火星人想学习融入人类生活会怎么表现，看看当时的我就明白了。其结果是，好几个月下来，我一无所获。除了浪费了本该用来看书的时间之外，还常常搞得自己又困又累。终于有一天，我厌倦了。

那一天，我跟着同学们从武昌坐轮渡去汉口逛街。

锈迹斑斑的大船汽笛呜咽，奔向对岸的码头。我扶着栏杆望着滔滔不绝的江水，感到绝望：在这样的实践中，我始终无法明白我想明白的道理。在每天看似忙忙碌碌的上蹿下

跳中，我所渴望的心灵救赎一次也没有发生。我跟着船到了岸，随即失却了一切要再去花花世界探索道理的心劲，在岸边的石阶上坐了下来。我坐了"池莉小说"中的轮渡，第一次横跨了长江，在感性认识层面体验到了武昌与汉口的距离，但那又怎么样呢？我盯着长江看啊看啊，望着江上来往的船看啊看啊——看到了，盯紧了看，心中一点动念也没有，我没有开窍，天书对我仍旧大门紧闭。真是徒劳啊，看了太多人和地方，听了太多喧嚣的话，其实都是徒劳。这样的忙碌，绝不是真正的"实践"。

直到毕业好些年以后，我才彻底想明白，到底什么是"实践"。

每天出门听人聊天，坐几个小时公交车，下乡采访，看一晚上电影，这许许多多的活动中，到底哪项活动可以叫作"实践"？只有那些撞进你心灵，让你痛苦纠结、百转千回、难以解决却又无法放下的社会活动才是实践。否则，便只是浮光掠影、走马观花的人间旅游罢了。从这角度来说，实践这个看上去是社会性的、唯物的活动，却必须要和个体的、心灵的、内在的东西联系在一起，才能成立。主与客，在这个问题上，必须交融在一起，才能彼此互相定义。

我和同学们出去逛街买衣服，我盯着她们看，走过很多条街，可我的心一点触动都没有，这样的活动远远称不上是"实践"。可如果我和她们每人凑点钱在虎泉夜市摆个摊位卖衣服，

○

把本钱赔得一干二净，还因为忙于做生意挂了好几门课，因此痛哭流涕，百爪挠心，痛恨自己是个猪头，这倒实实在在称得上是"实践"了。

实践总是和痛苦深深地捆绑在一起。实践的结晶也总是和从痛苦的泥潭中走出来密不可分。这个过程无比漫长，正如"实践"所蕴含的本意那样，在漫长的一次次重复中，总有那么一次，一点新的东西产生了。

就此之后，后来的一切有了细微的但永远的变化。

四十六　解决方法之二：找一个学习搭子，成功了！

阿宏，阿宏很快登场了。

如果要说我在研究生阶段认识的最重要的一位朋友，那就是阿宏了。从大二我辅修欧美文学本科学位开始，我就有周末晚上去英语角练习口语的习惯。这个习惯一直延续到了研究生阶段。英语角原先在图书馆前的喷泉附近，位置稍小，过了几年就挪到东头新修的一处平坦开阔、四周种有苍郁大树的广场上。

每到周五晚上七点，武汉各个高校的学生都会聚集此地，一起聊生活学业的方方面面。我常常能遇到很多演讲高手，在这里用英文慷慨激昂地表达自己在政治经济、社会时事方面的观点。四周都是他的忠实听众，聚精会神地听着。我喜欢这样的时刻，只需要袖着手，站在一旁聆听即可，既没有沉重的社交负担，也是很好的接触外界信息的机会。我经常一听就听到九点半英语角结束，然后心满意足地回到宿舍。有时候遇到我擅长的话题，我也会成为那个小小的"圆心"，尽力用英文表达我的看法。那个时候，半个英语角的人都会聚拢过来，用心地听完我的观点，随即有一个人抛出反对意见或者问题，让我的演讲继续下去。

总之，我是英语角的常客，忠实粉丝。在互联网的信息浪潮没有席卷而来之前，我在那里感觉到自己真的是一名"新

○

时代的大学生"，真的在吸收信息，在学习，而不是为了混张文凭。

研一的时候，我在英语角认识了一位口语搭子，现在我已经忘了他的名字。因为英语角是在昏暗的路灯下，我也几乎忘记了他的面貌。只记得他总是衣着讲究，穿着黑色风衣，竖着头发（打了很多发胶），戴着茶色眼镜，很利落的一个人。

圣诞节那天，他带来一位同在体育学院的英俊的、带着些许羞涩的男同学，加入我们的英语交流之中。这个人就是阿宏。

起先是许多人凑在一起聊，慢慢地，我和阿宏就单独聊起来了。我告诉他我正在读刘小枫的《拯救与逍遥》，非常喜欢，几乎当场将我钟爱的段落背诵给他听。他听得入神，立刻表示我所背诵的段落他也很喜欢，回去以后他一定把整本书全部读完。

我问阿宏："别人都觉得我说的东西很难懂，为什么你能这样一直听下去？"

阿宏说："我是心理学硕士，这些书也是需要了解的。"

在英语角交流时是这样的，大家往往先聊一些话题，感觉聊投机了以后才互报家门，分享自己的身份信息。

我感到阿宏成熟稳重，还有一种大学者般的无穷耐心，便马上请求他帮忙："能不能回去以后帮忙看看胡塞尔的现象学，下个星期这个时候你过来讲给我听？我实在搞不懂胡塞尔，头要炸了！"

"没问题，下个星期继续聊。"他痛快地答应了我的请求。

我们就这样开始了友谊——他教我胡塞尔，我给他点评刘小枫书里的重点段落。其实我应该从那个时候就有所预感才对，阿宏注定会将博士读下去，并且当上一名大学老师。他对学问的从容不迫，对我的无限耐心，绝对算得上是超凡脱俗的修为。为了向他显摆我的能力，我买了刘小枫的其他书，快速地记下来，就为了周末去英语角的时候能给阿宏像模像样地讲一讲，等他表扬我"特别优秀"。以至于我在这过程中，不知不觉地学会了刘小枫华丽堂皇的文风，在写其他文论时使用了这种文风，从而令其他专业的陌生同学专门在公共课后跑过来找我，夸奖我"文采斐然"。这点滴的表扬，在我灰暗的研究生生活中就是烛光与蜜糖。一想起来就高兴。

我依赖着阿宏，总是想与他亲近，但这种亲近又很明显地并不是爱恋。

有一次，我请阿宏到宿舍来和我聊天。

聊了很久的专业知识之后，我说："不知道怎么回事，腰直不起来了，痛得睡不着觉。"

"体育学院要学针灸推拿的，我学得很好，我给你按一下就知道怎么回事了。"

我很高兴，在椅子上坐直了，"那就麻烦你啦！"

阿宏迟疑片刻说："需要你趴在床上我才能按准……坐着

○

是不行的……"

我登时就脸红了。

那是个下午，阳光明媚，窗口的梧桐树有好几枝树杈都伸进了寝室，叶子绿油油的。即使阿宏就此拥抱我，也仍旧是美好的。但我却……

我把薄外套穿上，僵硬着趴在床上，等待阿宏帮我理疗。

阿宏半蹲在床边，手指修长，他很绅士地先轻轻点几个位置问我："是这附近吗？"

"我说不准，不知道，从来没按过。"

"没事，那我试一下。"

阿宏经过专业训练的手指准确地按压住我的痛点，我疼得一激灵，头发都几乎竖了起来。那一个瞬间，我第一次感觉到自己的身体，自己的腰，原来是这么回事——他按压的地方，剧痛无比！那疼痛尖锐地直插天灵盖，我牙齿都咬紧了。原来一直就是那几个点在痛啊！我怎么没有早一点发现自己的身体原来始终是有这几个地方不对劲？我真迟钝啊！

阿宏持续地、温和地帮我试出了所有的痛点，轻轻地按住，用力点到穴位，随后揉按……非常非常的释放。巨疼，但是解压。没过一会，舒服得几乎快要睡着了。

不过，一旦他按压出所有的痛点，我就立刻爬起来了。

"好啦好啦，非常舒服，谢谢你啦！"我对他说。

阿宏直起身子，笑着看我，有些欲言又止，没过一会便

·

告辞了。

我一直都把阿宏看成我最重要的学习搭子，从未有过其他想法。这是否也是因为我过于迟钝？

此后我们还是照常交流，每周都去英语角。他还在其他民办学校兼职讲课，只要发了工资，总是会把我叫出去吃一顿饭。他运动拉伤，大腿肌肉迟迟不见好，在青山区找了一个老中医扎针灸，也把我叫过去一起看看稀奇。我们的友谊好像丝毫无损，反倒日益坚固。但这其实只是我的一厢情愿。

终于又过了一阵子，阿宏请我吃麦当劳，问出了那个我们都躲避了很久的问题。

"你从来没有想过当我的女朋友吗？"

"我……好像没办法……"我说得很艰难。

阿宏自尊心受了伤，马上说："那我就要开始交别的女朋友了，你没有意见吧？"

我说："当然！当然！应该去，我怎么能有意见？"

阿宏沉默了。

我到现在仍然能记起阿宏帅气的脸：挺拔的鼻子，长长的含情脉脉的眼睛，温柔的嘴唇。

阿宏很快说到做到，交了一个女朋友，两个女朋友，三个女朋友……他甚至将我当成兄弟，用平静的口吻讲述每一段情爱所带来的情感波动和情侣之间的私密事，以至于我默默地希望阿宏不要再对我说了，实在听不下去了。我再也不

○

能随便找阿宏了，我们的联系越来越少。没过多久，我彻底失去阿宏，重新又变成了一个人，独来独往。

我对胡塞尔，还掌握得不好。

六月底他打来电话，告诉我他硕士毕业了，将回到南宁，他在那里找到了教职，还将继续攻读博士。

我们再次见面。

他耐心地把很多需要看的儒释道典籍的名字背给我听，再一次认真地告诉我每本书的要义是什么，看的时候要注意什么。还告诉我许多安慰自己的办法。"你以后就记住，不开心的时候就去睡觉。睡一觉醒来会好很多的。"在这最后一次见面里，他开口向我吐露他并不愉快的童年生活：小时候每次他妈妈大喊大叫，把家里的锅碗瓢盆全砸了，几乎要把家拆掉的时候，他就躲进被窝，命令自己必须睡着，"因为抑郁的时候，人会自然而然地选择睡觉。那个时候只要想睡，就一定可以睡着"。

还有，"如果想要知道一个问题的答案，就在入睡前反复地问那个问题，不停地问，直到自己睡着。那样的话，答案就会在你的梦里出现"。

最后，他说："回南宁我就要结婚了。"他是笑着的。

"那，那不错呀。"

"也许很快就会要孩子。"

"那，那真好。"

·

要告辞了，他站起身，对我说："我要好好地感谢你，如果不是你，我不会去读刘小枫，不会因为刘小枫读了很多其他人的书。"

"我要感谢你才对啊，如果不是你帮我读胡塞尔，我就完了。"

"这一点我也要感谢你，如果不是你跟我说这个事情，我可能会错过现象学这么好的哲学流派，我真的从现象学中学到了很多很多。"

分别的时候，我们既没有拥抱也没有握手。一股巨大的失落占据了我的全部思绪，让我对阿宏本人不知道该做出什么样的行动来，我目送他登上回校的公交车……

我始终没有对阿宏说的是，对于我来说，我们俩的友谊超越了俗世生活与肉身桎梏。我们并不真的生活在此岸，有时候彼岸反倒更加重要。在彼岸的世界里，阿宏是第一个帮我撒上花草种子的人，这一点，就连文学院的教授们都没有能够做到。

阿宏就是这样重要的一个人。

○

四十七　漫长的孤独

后来我发现，一个人苦痛而孤独的时候，看哲学类的书就特别入心。

书架上摆了两本克里希那穆提的书，我一直没有读完。在那之后的某一个下午，我却抱着书，从下午一直读到了晚上，字字句句都进到我的内心深处，好像在读的同时就完全明白了作者所要表达的深层含义，就算是复杂句式也可以很轻松地一口气读过。心里越读越亮，到晚上把书读完的时候，几乎感到心灵真的像被雨水冲刷过似的，清澈透亮。原本杂乱的心绪也干干净净地被梳理得条条分明，好像不再能令我困惑到失语了。

我与我的孤独相伴，继续在这条路上缓慢前行着。学业因此有了一点点突破，虽然后续进展缓慢，但毕竟已经能看懂一部分翻译得生动易懂的哲学书了。

在一个人的世界里，小事物的幸福被放大，一点点欣喜都能持续很久。

比如说，西门新来了一家板车摊子，夫妻俩经营，卖炸香蕉和炸鸡柳。我从图书馆出来，晃晃悠悠走到尘土飞扬的西门，赶在没什么人的时候，点上一份餐。香蕉裹了特制的面粉糊糊，炸到金黄，再淋上番茄酱，趁热吃，香蕉的香气和外壳的酥脆混合在口腔中，甜到刚刚好，脑子里纷杂的思绪瞬间停止了，在那一分钟，好像就剩下食物，剩下我。我还从来没有那么认真地吃过一根香蕉。炸鸡柳也是一绝，炸完之后混上复杂的各类调料，吃进嘴里，空荡荡的肚子立刻就满足了，感觉那鸡肉是那么瓷实，几乎能吃到肉中淡淡的甜味。真是无与伦比的享受。

只可惜这样美好的摊子也是转瞬即逝，在一个假期之后，它就消失了，再也没出现在西门附近。

研究生的世界就是大人的世界了。相聚和离别频繁得好像根本就不想让人记住。高高兴兴地相聚了，就过了一个学期，很多人就离开了，奔向各自的前程和未来，不可知的远方。我曾经在深夜里接过酒醉了的电话，聊了两个多小时，直到醉汉同学在那头睡死过去；也曾经在早上六点一个猛子起来，套上外套就和人去吃一场完全意料之外的早饭；一伙人唱了特别便宜的通宵 KTV 之后，在武汉还未苏醒的街头游荡，等着早餐铺子开门，好吃上一碗热气腾腾的鲜豆皮……

人间的生活。我感到很隔膜，但还是一天一天那样过着。

清晨五点的武汉让我感到有些忧伤，晚上九点人声鼎沸的虎泉夜市也同样让我感到荒凉。我感到自己无处安放，慢慢学会了一个人偷偷抽烟，打发睡不着的漫长夜晚。

…………

拉康说，幼儿需要一面镜子来反复确认自我的存在。我当时读到这一段时，想到自己不就是如此吗？我体会到，自

○

我需要很多"他者"的撞击，才能撞出自我的结构来。正如撞击原子之后，我们发现了电子、中子、质子这样复杂的微观结构和它们之间的关系；自我被撞击之后，才能进一步确认自我由什么构成，什么是可以舍弃的，什么是永远伴随左右的。我通过很多朋友的心灵撞击，感觉到自己所喜欢的好像和很多人都不太相同。但我到底是谁，我还难以言说。电子轨道还未确认，电子只能被把握为电子云。我对自我心灵结构的把握同样处在朦胧的云雾遮盖之下。

探索自己的过程，真是很辛苦，痛苦长伴，夜里，我总是焦灼得好像从未真正地入睡过：论文写不明白，思路不清晰，表达不出来，我好像不会说话也不会写东西了。但，这不就是我迫切地想要走的路吗？这条路之难于跋涉，不是早有预感吗？还有什么好抱怨的呢？

唉，夜晚再难熬，一分钟，一分钟地，也熬过去了。路再难走，一步，一步地，也终于走过去了。

·

214

四十八　有点逆反

我又回到书本。

我又想到了一个办法！从哲学家的生平入手，选择一个作为自己的榜样，作为阅读切入点，这不就亲切很多了吗？

尼采吗？我倒是还为他写过一篇小论文，但尼采他不仅晚年贫病交加，在世人的眼中还疯了，他抱着那匹被鞭打的老马在大街上号啕大哭。福柯吗？我倒是觉得他的东西可亲一些，毕竟我曾经逐字逐句把他的几本书大声朗读完了。可是福柯对他自己生命烈度的狂热追求，对爱欲的纵情，对主体自由的以生命为代价的追求，对病毒的绝对藐视，让他五十多岁就失去生命。或者海德格尔吗？跟老师闹翻，公然吵架，命令学校图书馆再也不允许给老师看一本书；当系主任，对哲学看法不同者毫不留情地打压。或者维特根斯坦吗？去乡村教书，吃点土豆过一天，在战场的沟壕里写哲学句子？可是一想到他富可敌国的家庭，就感觉更加遥远了……他们生病了不去看医生，发着烧还要去澡堂，吃不上饭也不要紧，写信让朋友赶紧打钱来。——别提了，大哲们留下的点滴生平我看出来了，他们都是爆炭，一点就会爆炸，每一位都是。就算把自己炸碎了，他们还会歌颂，歌唱，为自己写诗，并且追究这场爆炸的本质。将酒神精神贯彻到底，至死方休，毫不后悔。可是，这些大哲们到底在反抗些什么，在坚持些

○

什么？没有人告诉我。

　　隔膜，万分的隔膜。这是我那会真实的感受。

　　我有点破罐子破摔了，逆反了：学了点什么先不论，起码有一点，不能像他们那样活着。

.

四十九　继续实践：珠海

每个硕士生，在这三年的学习生活里，都有一千元补助。你可以用这个费用去参加一场向往已久的学术会议，或者去图书城大买特买，又或者去哪个乡下做田野考察，然后写出一些震动大家的好文章。都可以。随便怎么花都行（发票得留好）。

宿舍里，大家头碰头，聚在一起商量，这钱到底怎么花。

学术会议？没看到哪里有黑格尔或者康德的研讨会消息发布啊。

买书？买了我也看不懂。

去乡下？没有门路。

得赶紧想啊，还有一个月，这费用的报销流程就截止了！

读万卷书不如行万里路。

我痛快地决定，去一趟远在珠海的方那里！她已经在珠海的世界五百强外企工作，过上了一种电视里才能看到的白领生活，我得去看看！说起来，这不正是一种考察嘛！这不正是补充我最最欠缺的社会实践嘛！

珠海，广东，祖国的南方。我从未去过的地方。

我先是坐火车到了广州，在好朋友郑（辩论队的朋友）那里住了一晚，第二天坐大巴车去珠海。大巴车沿着珠江边开的时候，一个个巨大的化学品大罐矗立江边，风吹来，极

○

217

暖而带着海味的潮湿，是我从未闻过的风的味道。

我第一次知道，原来江西再往南，是这样的：这里的暖是暖烘烘的暖，兜头兜脸的暖，而不是烧火烤火的暖，不是在冬天赶紧走进人挤人的教室把门关上的暖。武汉的暖是奢侈的，而珠海的暖多么大方，多么铺张啊！

住了几天，我在方家第一次上大号，就把她租的那套房子的马桶给堵了。我自己试了好几次都没成功，只好把她从屋子里叫出来一起通马桶。她走过去看的时候，它，正像一列火车似的，稳稳地盘旋在马桶的正中央。

好一番忙活之后，方大汗淋漓，喘着粗气说："要不，你吃点水果吧，太干燥了……"

我窘得够呛。这算是我"远方实践"的第一桩事——因为实在太窘了，难以忘记，所以算是"实践"。

第二桩，是我大清早接到同宿舍同学（历史系的，主攻王阳明心学）的电话，她着急忙慌地通知我，我妈找我，打电话到宿舍好几趟，她谎称我去刷牙了，让我赶紧想办法。

我只好给我妈回过电话，告诉她我公费出差了，到了珠海。

她在电话那头一通噼里啪啦，但我已经远游，她也毫无办法。

这一桩，是因为舍友对我恩重如山，与我一起因我妈担惊受怕，也感谢她这位历史系的研究生带给我许多关于王阳明的消息。她是我认识的第一个学历史的朋友，第一个教我王阳明的朋友，也是在我喝醉了酒扶我到床上、拍我的肩膀安慰我的朋友。

我一想到她，就感到友谊的温暖，心中总是涌起对研究生们一起混合居住的感谢，所以这也是"实践"。

夜晚，方带着我沿着海边的小路散步。四周民宅林立，灯火点点，我心里默默地想：这里的人们过的生活，和我所知道的生活，竟然是一模一样的！原来，无论在哪里，人们到了夜晚就都要回到家中，生火炒菜，点灯扫屋，打开电视，一边吃饭一边聊天。原来，日子在哪里都是如此。

多么简单的道理。简单到我都不好意思跟方说——不然呢？人还能怎么过日子呢？

生活，生活。我第一次感受到某种生活的本质。

○

五十　继续实践：无比美丽的湖北省和长江

经过同学介绍，我去一家很小的报社做实习记者，主要工作是跟着社长到湖北省的其他市区乡镇去见客户。

社长长得五大三粗，个子不高，但是肚子很大。黑面细眼，脸上长了好些黑痣，痣上生长毛，乍看之下，绝不能相信他是一个常年伏案写稿的读书人。其实真的就不是，写稿另有其人，他是负责跑业务的。有些企业想要做一些专题报道，就提前找到他，申请版面，安排接待，他一一跑过去谈，条件合适就以专稿特稿的形式发表出来。

他都不用我拎包。自己腆着圆肚子，腋下夹着公文包，就走在我前面了。我紧跟着他的皮夹克，一起出去跑跑单位，见见人，喝喝茶，没有写稿压力，以实习生的身份出去收下写稿需要的材料，放进包里，就算完成任务。

忘了是第几站。

车从荆州开出去，渐渐远离了城市，来到湖泊江海肆意奔流的郊区。在寒风瑟瑟中等了许久，社长和我上了一艘大船，这就是吃饭会谈的地方了。谈事的人到齐，上了菜酒，大家痛饮几杯，气氛就热烈起来。

先说那菜，好吃！鲜辣椒炒小野鱼、红剁椒炒鳝段、蒸芋头、姜丝蒸武昌鱼、香干炒水芹菜，个个无非家常小炒，但是和武汉小馆子比起来，分明多了真正的食材的鲜美之味，还有那股泼辣灵动、俏皮风情的滋味。

　　我吃着吃着，好像突然吃到了湖北这个地方的地气和灵魂，感动得几乎有种要哭的感觉。原来这才是湖北！这就是湖北啊！我之前在武汉食堂里、周围的菜馆里吃的那都是什么啊？那一个瞬间，我才开始欣赏湖北、喜爱湖北，才真的从我的感性体认上明白什么叫作鱼米之乡，什么叫作鲜甜可口，什么叫作千湖之省。

　　吃到夜幕低垂，我向右一看，阔大的江面波光粼粼，两岸无山，一片通天之感，大大小小几十上百条渔船漂泊江面之上，马达暂停，轩窗里透出昏黄灯光，吃江上饭的人家也开始享受晚餐了。偶尔几艘载着货物的大船鸣着沉闷的汽笛声，划破江面，沉稳地向着远处驶去。

　　这就是长江带给这个省的黎民百姓的江上生活。这就是这个省千百年来的江上经济。我久久地看着眼前的一幕，一边深深被打动，一边贪婪地看了这边看那边，甚至希望有人家把饭桌再向我这边靠一靠，让我看得再真切一点……

　　其实现在想起来，如果我能自己想办法，和这些江上人家同吃同住几个月，我一定能摆脱久久无法写作的烦闷！一定不会呆坐在宿舍里浪费光阴！是我自己没想到啊！我需要的实践不是困在武汉城里到处走，我需要的是真正的"野外实践"！是彻底走出城市，走进更广阔的田间地头，走进长江水养育的一条条渔船里！

○

原来，说到底，我在校园里所感受到的憋闷抑郁，是一种不折不扣的"城市病"——也就是聚焦在故纸堆中，生活在笼子里，远离天地、山川、雨水，生命力因之而日渐枯竭萎靡的毛病。

我还去过一趟宜昌下属的县。

那是个暑假，我跟着露去宜昌下面的长阳县乡下的老屋里住了半个月。说起来很羞愧，两手空空的，就跑到同学家里去玩，又吃又喝的……

县城的中心还是很现代都市的感觉，但是已经和武汉不同。比如，县里最大的广场就临着江，对面三十米不到就是一排的悬崖峭壁！这可不是为了让城市漂亮而花大价钱安装的绿色景观，而是在亿年生命的大山里，不贪心地，建了那么一个小小的城镇。

人面对这样的大江大山，态度是谦卑的，温和的。

印象最深的，是露带着我走了几段山路，去乡下看她的外婆。

路用青石板砌得整整齐齐的，走起来不费劲。两边都是竹林山溪，真真实实的野林子，浸透了一股大自然安然的味道，不急不躁，时光漫长。外婆家不住在农田边，而是住在镇子上。

我们走进镇子，就好像走进了另外一个世界，我好像看到我们心灵深处中国人住宅的本来面貌。这里完全没有被翻

·

222

新过，还是像电影《芙蓉镇》里的镇子一样，木头和竹子盖成的民宅，苍黑色，一栋挨着一栋。门板一块块，可以拆卸，那木头都已经发灰，不知道用了多少年。条件好一点的，是铜锁大木门，铜锁不再光亮，是土黄色，已经与木头的颜色两相交融，一点也不突兀。家家有窄窄小小的院子，望进去，里面黑黢黢的，白天里都没有开灯，但是那黑并不浓重，因为中庭的光又多少透了些照在竹椅竹凳上。

我走在这小镇上，闻到许多味道：红烧肉的、清蒸鱼的、百叶的、竹笋的、中药的、无花果树的……我好像走在小时候去过的江西乡下的青石板路上，无法分辨出我到底是在湖北还是在江西。

从这以后，我再看到相关资料，谈到鄂赣两地百姓在几百年上千年间总是互相走动、往来不断的时候，脑子里就会想到这个再亲切熟悉不过的小镇。它所自带的那股悠然、宁静、淡淡的笃定，是我在武汉的校园中无论怎么样寻找也无法找到的。

我心里觉得，这是长江两岸生活的人们所独有的住宅风格，是全世界其他地方都不会有的，是独一份。

"长江"两个字所蕴含的意思，包括了这些木头房子和青石板小径。

我经由这两次出行，才真正体味到了湖北的魅力，多少明白了"长江"两个字的分量。

〇

武汉是座老工业城市，在公交车晃晃悠悠的三个小时车程范围之内，是看不到野林子和农田的，举目之下，到处都是水泥地和新旧不一的高楼大厦。如果想在武汉市内找个没人的地方散散步，想想事情，几乎无处可去（几大有名的湖泊被圈得严严密密，闲杂人等是进不去的）。哪怕远在青山区，也绝没有什么地块是野地，肆意生长了什么花草。没有，到处都盖满了楼。

很多人谈论为什么武汉人脾气暴躁，说是因为武汉的天气太残暴，冬冷夏热，才让人动不动就想发火。但我却觉得，本质原因倒不是天气，而是因为武汉实在是工业化到了一个密匝匝的程度。人和土地山川长年累月地隔绝，人见不到大自然，无法生起对自我渺小的感叹，放眼望过去全部都是人山人海，生存的压力陡然上升，内在的警报器总是时不时嗡嗡作响，性格怎么会不暴躁易怒呢？

如果一个人，非要停留在大城市不敢离去，轻视蔑视土地的力量、江水的力量，那么他就很有可能生不出对生养自己的这片土地的爱，从而去追索一些虚假的、外在的满足而始终难以获得真正的安宁。

我的导师去世之后，叮嘱家人将自己的骨灰撒入长江。看来他也会认同我的看法，长江是我们的力量源泉之一。

这两次出行，让我从另外一个角度重新看待武汉，也大大纾解了我在校园之内的憋闷，令我获益良多。

·

实践，带给了我在书本中永远找不到的感动和无可磨灭的记忆。

读万卷书，行万里路。果然是这样。

如果研究生教学阶段，学校能组织或者允许学生之间三两组合，深入湖北的下级县村中去扎扎实实地住几个月，生活几个月，最后拿出一篇作品（无论是小说还是文论）来，以此作为最终考核指标，这一定会让很多学生都感到学有所值，终生难忘的。

五十一　第七年

从前以为的遥不可及的 2006 年来到了。

研二结束的那个暑假，德国世界杯开始了。我没有学会德语，也没有去往柏林。"沙漠观测站"远去，我已经建立了第二个志向，立志要探求生命的真相，然后书写。这一次，比第一次更为坚定。

但是我仍然一场不落地看完了所有的比赛，只是，连最后谁拿了冠军都完全忘记了。

写到这里，我才能再次确认，那个暑假为了看完所有比赛而熬的夜，原来仍旧是向内心深处那个能与外星人心灵感应的柏林女孩的再次挥手致意。我从来没有忘记她。以后也不会。永远也不会。

球赛晚上九点开始。

观看地点是在研究生楼二楼的电视厅。一台老式大电视，几排暗红色长条木头椅子，稀稀拉拉三两个人。

女生很少，如果我没有记错，大概就我一个吧。

我带了半个西瓜进去，找一个角落坐下来，一边看一边吃。

过了十二点，很多人都回去睡觉了。常常最后整个房间里，只剩下我一个人在目不转睛地盯着电视看啊，看啊。

我痛失所爱，无以排解，无人相诉。唯有看啊，看啊。

·

一直看到东边的玻璃窗外缓慢发白，日头升起一丁点，将半边天照得微微亮。

我拎着塑料袋，离开电视厅。

…………

这是我在武汉待的第七年的开头，这一年过完，我就将离开这座城市。

我将二十四岁，母亲也终于明白，不管怎么说，我也是一个真正的成年人了。不，更确切地说，我也正随着时间的推移，一年比一年衰老了。有很多征兆表明这一点：阿宏给我推拿，发现我已经有确定无疑的腰肌劳损；我长出颈纹、鱼尾纹，头发掉到只剩下从前的三分之一；晚睡的话，心脏就会狂跳不已……

我早就远离了带着无穷精力奋战高考的十七岁，远离了毛茸茸的鼓脸蛋，远离了年少轻狂，远离了好像总有使不完的劲儿的永动机状态——我和所有人一样，应和着人的自然变化，在日渐衰颓着。

可能就在某一天，母亲抬头看我，突然发现我已经是一个膀壮腰圆的成年人，在那个刹那，她发现我并不是什么古怪的、不可掌控的陌生之物，而是一个最最普通不过的平凡人，既没有被国家索取走，也没有消失在不可知的大学生活里。

她偷偷地松了口气，原谅了我的一切。

暑假回到家里，我爱去附近的网吧玩儿，母亲对此也没

○

227

有太多的反对。

　　走下长长的楼梯，穿过未经粉刷的灰色水泥大楼，再走过一条只有一间小卖铺的小短巷，就会进到这家我顶喜欢的网吧里。

　　正是烈午时分。太阳直射大地，白晃晃的阳光刺得人眼睛直流眼泪，更何况我刚午睡醒来。

　　老板很贴心地在电脑桌面上建了许多有用的文件夹，游戏、小说、电影……几百个实用网址配上说明，桌面上图标密密麻麻——全都是靠我自己上网冲浪绝对搜索不到的好东西！

　　我惯常的做法是先打开QQ，放在电脑屏幕的一旁，点开老板存储的本地超级网址大全网站，看看新闻，看看老板搜集了什么好东西，然后打开他为顾客们准备的几个在线电影网站，观看一部比较新的名气很大但我还没来得及看的大片（那是一个看大片几乎轻而易举的时代）。

　　对了，我家附近那两家我经常去的租书屋都消失了，那小小的门面一个用来卖早餐，一个用来当裁缝铺。

　　我点开好莱坞大片《金刚》，起先不当回事，但几分钟以后就聚精会神地看了起来。我也搞不懂这电影怎么能这样迅速地抓住了我的注意力，让我跟着它的节奏进入完全另外一个世界里。这是电影的魔力，当时我还搞不懂这里面到底藏了什么样的叙事技术，只是被深深折服。

　　正当我看到金刚在帝国大厦的楼顶挥舞着壮硕的双臂怒

·

吼时，我看到母亲走进来了。

她的脸一半在外面被太阳晒着，一半在屋内，黑黢黢的，我们目光对视的瞬间，她怒气冲冲的，脸上写着是来"捉拿罪犯归案"的表情。但不知道为什么，她的表情随后立刻松弛了下来，怒气突然消失了。也许是她注意到我身边都是十几岁二十出头正在打游戏的男孩子，她突然想到，就算是来抓，也应该是他们的家长来抓人才对；也许是她发现我正在看电影，心里想这算什么呢；也许是她看到了什么熟人……

她变换了表情，轻轻对我笑了笑。

我随即招手喊她过来："这片拍得可好了！来，跟我一起看看！"

母亲别扭地挨着我坐了几秒钟，看了几眼，站起身来："你早点回去。"

"看完就回去。"

"不要太晚。"

"行啊。"

我看完了《金刚》，又看了会别的电影，直到确实该吃饭了，才关机起身，喊老板结账。

这是我印象中难得的母亲对我的温情时刻，她竟然允许我去娱乐，去看电影，去网吧里坐半个下午。

母亲好像从她长年累月的昏沉中突然清醒了一会，认出了我，想到她应该爱我，于是对我微微一笑。

○

五十二　毕业季，找工作

这一回真得认认真真找工作了，不能再读下去了。因为这一年父亲也退下来，拿每个月二百的生活费了，他叮嘱我，博士就算了。

不过这一回，连我自己也觉得，继续这样读下去是不行的，我最好要开始独立生活：实践，挣钱，看书，写作。迟早有一天，我一定会搞明白很多问题！

但我的导师偏心于我，还是专门把我叫过去问："怎么样，读博士吧？"

那时，我不知道他已经升为教授，有了招博士生的名额，而且我也糊涂着，不明白他叫我过去的意思就是对我有着莫大的希望，期待我一个肯定的回答。

"我可能不考了……"

我傻乎乎的，但是这不要紧。我现在想起来不后悔的事情是，毕业后我仍然和我的导师保持着密切的联系，维持着我们如父如子的高高兴兴的嘻嘻哈哈的关系，直到他离世。他不计较我的傻，还照常和我吃饭聊天。

毕业好几年以后，导师来北京开会，会后我和同学送他上火车回武汉。他给我发信息："老师爱你们，想你们，有空要回武汉来看我！"我现在一想到就难受。

我对西哲难以入心，引得他经常骂我（我就躲着他，直到他张罗请客，叫我出来吃饭我才出现），常常生气，但是他还是高兴地与我过了几年师生的日子。想到要拽人读个博士，思前想后一大通以后，要把我叫过去问一问。如果他还活着，这么肉麻的话我肯定不得写出来，怕他看了发鸡皮疙瘩。但是他已杳然远去，写下来，也不至于令他又骂骂囔囔的，教训我做文章要"哀而不伤"（这文中到处都是又哀又伤，处处漏洞，我决定不予弥补，任其如此）。

其实他是位俊男子，最擅长的是阴阳怪气，倒还不是骂骂囔囔。但是在我耳朵里听起来，跟骂骂囔囔都是一样的。他心又很软，骂一会又要安抚一下，安抚不了多久马上就要阴阳怪气（令人如坐针毡），还不如索性高声痛骂呢……

要将这些点点滴滴记录下来，我有时候才能明白自己。后来我知道他离世的消息后，总是忍不住哭了许多次，自己也想不明白这到底是怎么回事。

但是一旦我将过去写下来，眼泪的因由便清晰了。

眼泪是痛心，也是想念。

眼泪于事无补，但眼泪就是爱意。

如果说眼泪是人类情感的至高形式，我已经明白了人类的情感是怎么回事。

…………

我，火星人，终于到了穿上大人衣服，准备步入成人社会的时候了。

○

231

从此之后，我将分分秒秒都活在实践之中，以自己的肉身躯壳来体验这人类世界的一切了。

武汉胭脂路是一条定做西服旗袍的裁缝街。我在莉的指引下，去那里买了一套黑色棉质的西服套装，又买了一双黑色的皮鞋，开始频繁参加各类招聘会。

每天早上，我先在电脑上查看招聘信息（武大发布的最多），然后背上书包，走到北门，穿过测绘大学，走进武大，走上快一个小时，走入会场，挤到人山人海的小桌前，投递简历。

很像在扮演求职者，按照电视剧看到的那样去演。其实，参加招聘会根本不用穿得那么正式，就是球鞋牛仔裤也毫无问题的，只要干净整洁就可以了。

到了找工作的节骨眼上，我发现周围没有一个同学找工作是要去参加招聘会的，原来大家各有各的路径，各有各的靠山……

没有看到任何一家出版社、报社的招聘通知。不要紧，我想，我如果能当上一名语文老师那就太好了，教学之余，还能自己写东西，上上之选！

但是仅仅三年之后，就业压力已经陡然增加了许多许多。专业对口的岗位十分稀少，就连自己学校的招聘通知栏里，所需教师的数量也比几年前大大减少了。

我跑了很多场招聘会，只看到一家来自北京的中学需要一名语文老师。我赶紧递交简历，但是对方老师说，半路出家的这可不行，他们需要一名从头到尾都学文学的。——有点道理，怕老师基本功不过关，误人子弟。我只好默默离开。

没关系，还有机会！

我又遇到一所家乡的大学招老师，赶紧凑上去递了简历。

对方也是个年轻的女孩，有些不好意思地说："我们这次不招大学语文的老师，只招辅导员。"

辅导员也可以考虑啊，我问她："那辅导员一个月工资能有多少？"

"平均下来，算上年终补贴，能有个 2500 吧……"那女孩说得更加不好意思，好像比我先脸红。

这个薪水确实有些低了，一个月下来，过上日子后，可能就不剩什么了。我只好再次离开，重新寻找。

可是我心里一点也不气馁。中国加入 WTO 才刚刚七年的时间，还有两年又是北京奥运会——这是一个沸腾的时代，这是一个全面开放的时代，各大城市正迫切地需要年轻人的热血入场，无数的机会虚位以待。

哪里会找不到一个我容身的地方呢？

慢慢来罢了。

在宿舍里，大家也都在频繁交流关于找工作的信息。

有一次，莉告诉我，"我不喜欢搞学术，喜欢和人打交道，以后找个和人打交道的工作就好了。"

○

我头脑中很缓慢地，就像电脑卡住了那样，飘过"和人打交道"这几个字。我不敢相信有人竟然会喜欢这个。我虽然也说不出个所以然来，可是本能地觉得这件事情听起来就让我摸不着头脑。仅仅工作几年之后，可能她自己也明白了，当时是在说"醉话"，天真的学生气的稀里糊涂的"醉话"。

　　世界上的事情千难万难，有什么会比"和人打交道"更难呢？！

　　还有一天，我的同门女同学梅梅给我打电话，告诉我她那个武汉大学博士毕业的男朋友已经拿到了新疆大学的正式教席，她也可以跟随过去一起做中文系的讲师。只是此去安身立命路途遥远，她一个人实在是害怕，于是想叫上我一起去那边共同当正式讲师。

　　"是新疆大学？"我问。

　　"对，挺好的学校。一起去吧，我们俩有个伴。"

　　我犹豫再三，还是拒绝了这份邀请。

　　新疆，多么遥远的一个地方。我想到了父母。如果我去了新疆，万一他们有点不舒服，我赶回江西，得要多久啊？

　　这通电话之后，我再也没有见过梅梅。不知道她是否已经与男朋友结婚，组建了幸福的家庭，是否在新疆生活得愉快，她在湖北老家的女儿有没有跟她一起，体验到一种和千湖之省完全不同的生活滋味？因为梅梅比我大许多，经历的事情也多一些，读书的时候我与她交流不多，这通电话是她留给我的最深的印象。

　　几年以后，在一个阳光和煦的下午，我知道了"昏沉"这个词，立刻就被击中，并且以这个词作为线索，从久久没有进展的状态里跳脱出来，思考深入了一步。昏沉并不仅仅说的是感冒发烧时那种脑子沉甸甸的、想不起事情也不想动脑筋的状态，它指的是更加广泛的意义上的"懵懂""迷茫""跌跌撞撞"。有时候一个人虽然看上去言语犀利、反应速度很快、风风火火的，可是因为他内心中仍没有一个清晰的关于生命和生活的看法，那么他其实是知道自己有点"稀里糊涂"的，处在"总有些烦人的团块窝在心里"的状态。昏沉还像是醉酒状态，人在喝醉了以后，不管是唱歌哭泣，还是说胡话奔跑，其实本质上都是一样的，都是醉态，都是昏沉，这时说"我爱你"和"我恨你"是无效的，因为不明白自己在做什么，向外表达的一切都是随机产生的。

　　现在我可以说明白了，我当时正昏沉，尚不明白什么东西是我可以舍弃的，什么东西是我连死都不会放手的。新疆，对于当时的我来说，是一个遥远得都难以想象的远方，去到那里意味着孤身一人过上一种孤苦无依的生活，孤独会将我彻底淹没。我处理不了距离，也处理不了孤独。这是我唯一收到的大学教职的邀约。我离我理想中的生活只有一步之遥。如果不是新疆就好了，当时我想。可是我现在却觉得，新疆，正正好，刚好适合我这样的人。

○

阿宏走之前对我说过的最后一句话是："要正视孤独，拥抱孤独。你太害怕孤独了。"

我知道，但是暂时还做不到。

⋯⋯⋯⋯⋯⋯

总之，现在看起来，我当时还是遇到很多不错的机会，还有挑挑拣拣的余地，心中始终怀着对自己的信心，对时代的热望。

我每天早上带着兴奋醒来，奔赴前路，设想自己以后赚钱了该有多么喜悦，展望未知的实践给我带来智慧的启蒙。

.

五十三　我们都去了一个好地方——广东

就在我找工作的时候，父亲也在发愁地找工作。"4050计划"仍在继续执行，他终于还是离开了徐裁缝递给他的这个铁饭碗。

他才刚刚五十岁，还不甘心就那样在家里闲待着。

最开始，他去当小区的保安，只在夜里巡逻，一个月二百元。这事明显不行（这样过低的薪酬，不知道是想要招什么样的人），但是他还是热火朝天地要去干。每天五点半吃完晚饭后就披上军大衣出门，不在家里多待。其实也许不是为了赚钱，而是为了躲避母亲的唠叨，名正言顺地自己待会吧。母亲不停地给他泼冷水，"太冷了哦""你吃不消的""还是算了吧"。他听这些话听了几十年，耳朵都要起茧子，于是中气十足地否定这些说法，"没得事！"

那阵子他脾气极其地坏，我在武汉给他打电话说道，找工作可能需要多花一点钱，被他狂骂了一顿，我几乎能感受到他的口水从电话线那头向我喷过来。我赶紧挂断电话，从此以后再也没有对他们开过口。

过了一个多月，他终于还是败下阵来，气恼地说："钱太少了！夜里不睡觉熬不住！"

我放假回来，母亲跟我说，她自己还尝试着去樟树的某一户人家当上门保姆。我听到这消息大大吃了一惊！因为我实

○

在太了解母亲了，上门保姆所需要的耐心和包容心如果她真的具备，那我们这家里几十年的日子就不可能如此鸡飞狗跳。

我问她，"干了多久？"

"干了一个礼拜，老子就回来了。去他妈的！"她说。

那就是了，我真担心再干个几天，她极有可能会在异地和人家打起来……

像她这样看到什么不爽的事情就要立刻大声说出来并且反复说个不停的人，为什么要去选择这样一份明显不适合自己的工作呢？——但这正是找工作人的普遍心态，一旦有一个工作机会摆在眼前，心里马上就想只要忍一忍这份工作就归我了，那我就忍一忍吧！想拿到那份工作的心思超过了一切，以至于这工作里显而易见的缺点都被抛诸脑后：也许干着干着就习惯了呢？就好了呢？一切就顺利了呢？先干着再说吧！可是呢，永远都没有顺利的时候，工作只会越来越不顺利，越来越令人难受。父亲选了一份二百元需要熬夜的工作，母亲选了一份要老老实实伺候人的工作，都是如此的证明。

这一年，我本来以为只有我需要找工作，可事实是，我们三个人都在找工作。所不同的是，我在寻找未来，父母在寻找余生养老的保障。

巧合的是，最后的结果，我和父亲都在广东省找到了一份薪水不错的工作。真叫人哭笑不得。如果父亲晚一年下岗，那时我已经有了不错的工作，不再需要他们给生活费，他们

.

的压力会小一点，也许就不会外出辛苦地工作；如果父亲提前一年找到广东的工作，那么我第三年的生活也不必承担那么大的压力……

我们是前后脚敲定了工作的。

我费了很大的力气，通过了四五次的面试，终于拿到了深圳一家大型企业的就业合同。但这还不够保险，对方规定，必须在年前提前过去实习两个月，才能敲定最后的签约。于是我只好向露借了五百元，生平第一次坐上飞机（企业安排的），借住在露同学在深圳租的屋子（欠了巨大的人情），努力适应着在一个陌生地方生活和工作，才完成了这两个月的实习，最终拿到了正式就业合同。这个过程异常地漫长、折腾，令人焦虑不安，和其他同学的就业过程相比，我的签约流程实在是拖得太久了。但这也是我人生中最重要的一个开始——我不再需要问父母要生活费，母亲再也不必为了给我的这份生活费而烦躁了。

实习期间有工资，我终于开始养活自己了。

也是在这当口，父亲在钢厂其他工人的介绍下，去珠海一家钢铁厂继续干他熟悉的工作，工资比之前在钢城的时候翻了好几倍！一份很好的工作。他也落定，不再乱发脾气了。母亲很快辞去在广州郊区的工作，去珠海和他碰头，每天帮他做饭洗衣服，踏踏实实地过起日子来。

过了好几年，我才想起来问母亲："你什么时候去的广州，

○

怎么没告诉我？"

"内衣厂里，专门给胸罩剪海绵垫子。"母亲说。

"还有这样的工作？"我一直以为那样的海绵垫子是机器裁剪出来的。

"有！熟练工剪得飞快，一天可以剪六百多对，左右对称，一点问题都没有。"

"那你干了多久？"

"老子就干了二十多天。妈的！拿了两千多块钱！还是在广东打工有钱拿，在厂里这么多年从来都没拿过那么多工资。"

"那你怎么不一直干下去呢？"

"就我剪得最慢，那个卵班长总是他妈的说我……"母亲顾左右而言他，神色很不自在。

"那干脆找其他的内衣厂嘛，反正都知道怎么回事了。"我接着说。

"我哪有那么手巧！熟练工是真的很熟练的……"母亲再也不肯谈下去了。

我听后唏嘘不已，在家里任性惯了的母亲，终于也难得地被社会评价了一次。怪不得这桩事情她藏了好几年都没有说出来过。看起来，母亲不是真正地爱钱，只要心情不好，立马就要辞职走人，薪水多高都不行。一头狮子，怎么能久居人下呢？然而，一个人又为什么要做狮子呢？

出人意料地，等我拿着签好的合同返回钢城，这个年也

·

没有过好。母亲指责了整整一个月，说我没有进国企，没有拿到铁饭碗。

不过，说这些有什么用呢？我的船已经挂上了帆。

我在岸边等待。等待季风。

季风按时到来。

○

五十四　再见了，武汉

研究生三年，学校主授西哲。我努力去学了，这条路没走通。

后来我也学会了很多西哲的"黑话"，模仿着完成了毕业论文，但是我知道，我心里头没有被点亮，智慧也没有被启发。我仍旧糊涂着，迷茫着，昏沉着，犯了很多很多错误。有人信口雌黄，说喜欢我，我也就一时冲动说喜欢别人；我吵过架、生过气、发过火，回头想想又觉得毫无必要……我们像是醉汉，穿着整整齐齐的衣服，成天说着醉话。在话语刚出口的那一个瞬间就知道自己是在装腔作势、夸夸其谈。

我总是渴望寻找到那一点点的甘甜，它不来自于外界，而是从我自己身体的内部产生。

我从前曾经体验过那种感觉，当我穿上高筒雨鞋，打上雨伞，独自一人在雨夜中前往钢城的图书馆，在日光灯下叫醒图书管理员，请她帮我取出一本书，然后怀揣着一种隐秘的愉快踏上返程。雨下得更大了，中间还夹杂着雪子，窸窸窣窣地落在我的伞上。

那个时候我完全明白那甘甜到底是怎么回事，但当我长大了想要通过各种方法再去寻找它的时候，它却再也难觅踪影。

这真是奇怪啊。我比从前拥有更强大的理性思考能力、逻辑思辨能力，我借助西哲的书本，用语言撕开那一整个雨幕，却发现前方是更大的朦胧不清的雾境，伸手不见五指，漆黑一片。

我刚考上研究生还没有正式入学的时候，我和堂哥在苏北老家的院子里闲聊。院子里的两棵银杏树在仲春的时节，刚刚长出翠绿的嫩叶。

他问我："以后想当个什么样的人？"

我脱口而出四个字："高僧大德。"

话一说出口，我自己都吃了一惊。这是我说出来的吗？真的吗？在此之前，我从未真的面对过这四个字。即使是那位心理学教授曾经说过类似的事情，我听后也并未放在心上，这根本与我日日所过的生活无关。故事，对，只当是个故事听过去了。

那句话不像是我说的，而像是通过我而说的。日后我时常想起那一刹那的感受，那好像是天穹指引，一则消息在我的脑际形成语言，被我说了出来，被我聆听，被我知晓。

堂哥又问："什么意思？"

我说："就是当个大和尚。"

他哈哈大笑，叫我毕业了就去附近的庙里看看。在苏北，这样的庙子多得很。

…………

西哲是一瓶陈酿的好酒，可是我喝不进去。我低头看看自己的胸腔，我的心灵仍然枯萎着，其间的房屋仍然布满灰

○

243

尘，那个"真正的我"始终不见踪影。

但是，我经历这三年，又确然与三年之前截然不同了。我的脑中死记硬背了无数逻辑体系结构、哲学流派、大哲思想、名言警句，我甚至掌握了一种"辩证法"写作思路：它是，它不是，它又是，然后它实际上并非……我还可以熟练地使用《梦的解析》一次次分析自己的梦境，不一定对，但是总有点道理……

我就像一个身体羸弱的人，去东海龙王的宝库里硬生生扛走了十八般兵器，每一套兵器的说明书我都会背几句，但是我连个锤子都举不起来，因为我没有一丁点肌肉。

我没有练成内功。也没有找到心灵的根。

十八般兵器压着我，我虽然比之前更加接近土地，但仍双脚悬空，飘飘忽忽，不着边际。

苦河里苦思三年，未有悟果，这不是苦河的问题，这仍旧是我自己的问题。

再见了，西哲。我会再回来找你，但那时的我，决然不会是此刻的我。

我将要前往更广泛的实践中去，将要接受更猛烈的碰撞，将我的心灵内在结构碰撞出来，将那个"真正的我"碰撞出来。

阿宏曾经对我说："你要享受孤独。"

随着路越走越远，我已然身处孤独之中，四周渺无同行了。

·

路行万里，唯余一人，这是必然的。

孤帆独影，血泪自知。

——正是眼前这条路。

我的生命只有一次。在这一次的生命之中，我要去找出生命秘密的真正答案。然后开始书写。

至死方休。

○

第四章　　　　一个人的庙宇

五十五 南国之美

深圳真是个好地方啊！我没有选错。原因很简单，而且只有一个，深圳暖和。

我实在是被冷怕了。不管是钢城还是武汉，一年中有半年都是瑟缩着的浑身僵硬的冷天，对于体弱的人可真是煎熬啊。

而在深圳，因为暖和，身体好像第一次敢于舒展：脖子伸长，肩膀打开，腰肢旋转，全身筋骨缓缓拉长、拉长……寒冷再也不会从后背给我来一棍子。

因为暖和，到处都生长着缠绕绵延的树枝和藤蔓，绿色浓浓淡淡层层叠叠地堆积着，丝毫没感觉到自己是那样铺张，那样奢侈。花也开得大朵，一个个花头壮硕有力，大方地铺开花瓣和花蕊，不设防，像被汗水浸透的皮肤毛孔。

人走到哪里都是一身细汗。特别是白天走在太阳下，全身“腾”地一下冒出来汩汩汗液，让我觉得自己跟一眼泉似的。

周末的时候，我坐上长途车去珠海看父母。

南国的风情与武汉截然不同，大巴车永远开着冷气空调，发出微微的汗酸气。从车窗向外望，沿途一路都是旺盛葳蕤的花草绿树，身形巨大，遮天蔽日，绿得浓艳肆意。

因为水汽盛，乌云总是有的，压得又低，所以天阴的日子居多。

父母住在四楼的宿舍。远处是高速公路，附近都是空旷

○

249

的田，还有一棵又一棵数不尽的芒果树。据母亲说，根本没人管，也不用施肥除虫，每年到了季节就结出满满一树的黄色大肚子芒果。吃也来不及吃，白白掉落在地上，慢慢地坏了，重新融进土壤里。

屋子里没有买餐桌，母亲找两个纸箱子拼起来就是饭桌。

电磁炉放在阳台上，炒菜洗菜都在阳台。潮湿的暖风吹着，就连洗菜炒菜都不觉得累了——转头就是绿色的远山，空旷的田野，心情陡然就宁静下来。烹饪条件虽然有限，但是母亲烧的菜好吃极了！这里鱼虾便宜，买了红辣椒回来炒，再放入甜米酒和葱姜蒜，鲜甜可口，称得上是人间至味。

我实在爱这南国的乡下。

吃过饭从阳台望过去，黑夜里长长的草丛像女子美丽的长发那样随风摇摆，哗哗作响。两旁芒果树、木棉花树静默地伫立。偶尔咕咚一声，掉下来一颗巨大的芒果，滚落在草丛之中。

夜晚，我在阳台吹风。老远驶过来一辆摩托车，小小的车灯渐渐变亮。上面坐一名黑瘦瘦的南方男孩，眯着眼睛沉默着呼啸而去。

镇上就一条街，街上只有一间理发馆。

我本来想去剪个头，但是看到里面坐的都是当地的老伯，白发苍苍，一边理发一边用广东话聊天，就放弃了这个想法。——走进去怪怪的，好像闯进了别人的生活。

·

也像江西无数的小镇那样，在这里生活要靠日复一日地浸泡，淡然地一日三餐炒菜做饭那样过个几十年，才能明白这里头的日子。诗意很淡，但是过起来就知道美在哪里。最后成了难以割舍的眷恋。

因为这里沉默，也因为这里淡，什么都难以侵蚀到这里的千年古日。

○

五十六　孤独

工作很快进入固定的节奏中。

每天早上六点半起床。洗脸刷牙梳头，抹点口红。七点十分，去往郊外办公楼的通勤大巴就准时在路边等候了。

我和住在小区里的其他同事一样，穿上工装，戴上工牌，拎着电脑包，陆续进入大巴车的腹中。大部分女同事根本什么都不抹，口红不抹，粉底液不抹，素着脸，找到座位后就即刻闭上眼睛，赶紧再补上一觉。——那个时候，我还不明白她们已经厌倦了这节奏，不愿意再为了这节奏付出任何一点多余的热情。

可我还觉得一切都新鲜着，我内心隐隐地激动，一刻也不舍得闭上眼睛。

为什么？因为我对这座城市完全陌生，路边的风景怎么看也看不够呀。

先是一块接着一块的广告牌，然后渐渐稀疏，出现了工厂，穿着工服进进出出的工人。然后到了关口，摄像头扫描后，出了关，来到郊区。青山一座连着一座，连绵不绝，上面长满了各种各样的树啊藤啊，丝丝连连，旺盛无比。——这样丰茂的绿色，从前我只在窗帘画里见过。

我上班时盯着看，下班时也盯着看，同伴们都说："睡会吧睡会吧，起得太早了，困得受不住哇！"其实我的眼睛也酸涩，但我还是强撑着，盯着看不肯松眼。

因为我感到自己和这些铺张浪费的树叶枝蔓一样，正缓慢地、犹疑地、小心翼翼地将自己的生命力铺展开来，在日头下享受阳光雨露，在夜里暗暗生长，不眠不休。

像一场生命力的狂欢。

我猜，正因为身处南国生命力的宴会之中，我被无声地感动，才会不知不觉地喜欢上一个人的。这喜欢同样是降临的。它出现了。就是这样。尽管我知道他虚荣、功利、狭隘、信口雌黄、搬弄是非，但我同时也欣赏他的周到、温和、自信、随遇而安。那喜欢的情绪，对于我来说，并不因双方数不清的拉扯决堤而有所减弱。它只属于我个人，是我内心萌动着的全新情感。我如此明确地感觉到，啊，我是这样的一个人，一个生物，我会喜欢另一个人，会为此而剧烈心跳，会渴望见到这个人，期待牵着对方的手。我难道不是苏醒了吗？我难道不正爱着什么，正实践着吗？

我，是一个人类了。

不过，我们只相处了很短的一段时间。仅仅不到一个月，他决定分开，很快就另寻了一个房子。竟然还叫我去帮他搬。我也爽快地答应了！我用水桶和塑料袋装上他要带的拖鞋毛巾牙刷，与他坐公交车晃晃悠悠地到了那个小区，放好东西，还下楼去小卖部买拖把扫帚脸盆。生活用品都买好，东西放好，帮忙收拾了一会儿屋子之后，我与他客气地告辞，走到

○

253

楼下等深夜的公交车。

公交车开着冷气，味道闷闷的，还很酸，好像里面滴了醋似的，但可能只是里面很久没有清洗。车内的灯苍白，照不清人脸。我找了个座位坐下来，眼睛继续贪婪地看向窗外的夜景。我与这城不熟，看了很多遍，都不敢相信这就是深圳。我眼目中的楼啊草地啊路灯啊都那样的寻常，它们好像不属于"深圳"，只是属于一座很淡然的南方小城。我似乎只看到了它的寻常，没有感受到它为何声名显赫。

快要下车时，我发现他在前面车厢坐着。我吃惊地瞪大了眼睛看着他。他脚趾吸住拖鞋，慢慢走过来。

"你忘记带什么了？"我问他。

"我还是不要住那边吧。"

"你不是已经决定了吗？"

"没想好……"

啊，这真是……可是我的心已经接受了这个事实：饼已经被掰碎了。何必这样牵扯不清呢？这边住几天，那边住几天，孤独的时候把我当至亲好友，热闹的时候就不认识我。这恐怕并不是真诚的友谊。与其如此，我喜欢一直一直孤独着呢。

下车时，他紧紧握住我的手，流下眼泪来："先缓缓吧。"

…………

我想，阿宏说得对，害怕孤独的人是如此多，很少有人能独守孤独。他没有阿宏这样的朋友，他看来是不会懂得，无论怎样逃避，孤独都会昼夜不停地伴随着的。

大部分时候，我一个人下班后仍滞留园区，吃过晚饭后四处走走。我记得有一次走着走着，走到附近的野地。我站在路边废弃的粗大水泥管子边，看着西边天空残留的绯红色晚霞，体味着自己此时的生命。

这里就是深圳了，真难以置信啊。我所居住的南山区居民楼附近的小吃铺，连武汉的虎泉夜市都比不上，仿佛就是哪个村上的大集搬了过来似的那样简陋。但是，真正的深圳又恰恰就是如此——就是这个枝叶繁盛的地方，就是这个夕阳下叶草微微被吹动的地方，就是这个到处都有着白色斜顶巨大厂房的地方。

旷大荒凉是它，繁花似锦是它，无人理睬是它，万众瞩目是它。

夕阳下，风吹着我。我不美，拮据，呆气，暴躁。我正活着，渺小地活着，无人知晓地活着，心里烧着一小团火苗地活着。别人不喜欢我，我不太难过，还因自己心中燃着美好的爱而感到一个人的孤独是很好的。我是平凡无奇的众生，吃苦受累，吃亏受气，但那个小火苗，它跃动着，燃烧着，欣喜着，它可能来自更加无边无际的光，它正在我的骨血深处支撑着我。

我就是这样孤独地，而且安于孤独地一天天活着。

○

五十七　肇庆的森林

几个月之后，我被调到另一个营业部去干查验机票的活。

有些代理商会在机票折扣上做文章，七折、八折、对折、一折的票价时常故意算错，以此来赚灰色收入。我的工作就是一张张看过去，录进系统，发现错票假票搜集起来，让商务部门去找代理商算账。

我们那间办公室有三位大姐，两个年轻人，一个组长，氛围很融洽，工作压力几乎没有，尤其是对于大姐们来说，清查机票实在是一项再简单不过的工作了。与我相熟的那位大姐，每天来到营业部，泡上一杯花茶，打开电脑放韩剧《我的女孩》，然后一手拿着机票，一手按着键盘，就此可以一直高效率地工作到下午五点半收工。她对我说，这是世界上最好的工作！剧情一段也不会错过，经手的票一张也不会漏。她们的丈夫都曾经是战斗机飞行员，转民航以后她们的心终于踏实了，终于不用一听到家属院里有奔跑声就心里发慌，胡思乱想。

"多好啊，别想那么多，就这样干吧，这就很幸福了。"大姐说。

每天早上八点，我们在南山家乐福门口集合，坐上公司派的小巴车，前往深南大道。路程也就二十多分钟，快的时候十二分钟也能到。七点五十，我背上沉重的电脑包就往家

·

256

乐福走（新员工自备电脑），不吃早饭，来不及，也吃不动。商务中心和结算中心的人七八个一起挤进小巴，大姐会热心地招呼我坐在她旁边，问我怎么不吃早饭，要不要吃几个她带的包子。

机票清点工作到了中午十一点半，大家就开始收拾电脑和桌面，起身活动活动，商量着去哪吃午饭。有经验的人都知道，在附近随便吃点就成，因为要赶回来睡午觉。全公司都睡午觉（因为早上一般六点半就得起床，到了中午会很困），这是一项莫大的福利。深圳中午的阳光很烈，我们把百叶窗拉下来，旋紧，整个办公室登时变得晦暗朦胧，大家笼上毛巾毯，两分钟之内就会传来呼噜声。

有一次出去吃午饭正赶上雷阵雨。桂林米粉的味道还氤氲在我的头发里衣服里呼吸中，雨水就毫不犹豫兜头倾洒下来，大街上所有人都挤在商铺屋檐下躲雨。我实在没地方躲，干脆露天站了会，半淋半躲的以至于几乎浑身淋湿。进了办公楼，吹着强劲的冷气，冻得浑身发抖——其实我都无所谓的，我觉得这生活从里到外都是假的，完全不属于我。我为了体面、赚钱，选择了这份工作，从而进入一种虚幻的生活里。像看别人打游戏那样，在旁边观看着大家的生活，也包括我自己的生活。就算雨水把我整个淋透我都无所谓的。

我从未那样确凿地明白，我做了一个错误的选择，进入一个错误的行业，干上一份错误的工作，成了一个错误的幻

○

影，而非真人。这不是我想要的实践。这是在蹉跎时光，是在混日子。我仍在强撑，每天照常与同事们聊天，天南地北，各种八卦，好像我正明白自己在干什么，很满意此刻的状态，但事实恰恰相反。我回家翻开电脑，打开一个 EXCEL 文件，准备加会班，随后我立刻发现，我痛恨 EXCEL，痛恨数额总计，痛恨代理商差额统计。

有一个周末的下午，我终于在电脑上开始写文章：

"孩子们在窗外尖叫，乌云低垂，电脑上的电影絮絮念着暧昧不明的台词，我想，生活是这样捉摸不透……"

这篇文很快发表在内部杂志上，办公室的同事向我祝贺，还读了一小段，我客套地笑笑，说谢谢。

其实，我已经沉至海底了。无人知晓。

我以为我将无比热爱工作，热爱我谋生的饭碗，而实际上是，工作和与之相关的杂事吞噬了我所有的精力，热爱很快消失，取而代之的是体能超负后的惯性运转——我很快就理解了我的女同事为什么没有抹口红的兴致。

早上六点半起床，晚上八点半左右到家。我有时候洗完澡坐在卧室的书桌前，感到喘气的精力都需要从骨髓里拿点才行。周末，我昏睡到中午起床，打开电脑，呆看向窗外，可以差不多一直看到日头慢慢倾斜，黄昏逐渐降临。

夏天最热的时候到了，公司组织大家去肇庆游玩。我差点就不想去了，还是在家睡一会吧，哪有力气去爬山？

.

我能顺利去成肇庆全靠办公室大姐们的激烈反对："要去！这是部门福利！怎么能浪费！你是不是傻！"

六点就起床坐大巴车出发前往肇庆。我醒来的时候天还蒙蒙亮，眼睛酸胀，太阳穴怦怦地不安跳动，隐形眼镜戴进去眼睛马上出现红血丝。

可是我喜欢清晨。天色暧昧不清的时候，人好像可以将自己隐藏一会，深圳也不会像白天那样剑拔弩张，乖戾冷峻。

车开进肇庆，路两旁连绵不绝的一家家小餐铺很快就让我兴奋起来：肇庆盛产一种手臂那么粗壮的粽子，里面裹了板栗、五花肉、红枣、豆沙、蛋黄，密密匝匝地捆成一个巨型的粽子上锅去蒸，吃的时候，一张圆桌八个人合吃一个。老板熟练地用棉线切成一块块，叮嘱食客小心烫，慢慢吃。我爱吃粽子，见到这样的粽子，喜悦好像也加倍。

走到山里就可以自由走动。

那几乎就是个原始森林，树木长得奇高，要仰头看才能看到伞似的树冠。走进去后，身后的树可能有魔法，自动合拢，隔绝了外面的喧嚣。再也没有几十层楼高的五星级办公大楼，没有玻璃幕墙，没有车水马龙，耳边只余鸟声回荡，眼前唯有一条隐约可见的蜿蜒土路。据导游说前方有瀑布，许多绝世高手都曾经在那里闭关修炼，锤心聚神。因为还要费劲爬山落坡，很多人走到一半就停了，在周围找块石头坐下吃点东西聊聊天。

○

我不甘心，非要去见见那瀑布。于是跟着几个体力好的人一直往前走。走着走着，四周只剩下我一个人，能听到其他人低声的交谈，所以没有什么害怕的。脚边就有小溪，我低头看清澈的溪水，惊叹它真的像水晶那样晶莹透明，毫无挂碍，怎么看也看不够……

　　突然，耳边轰然作响，蓦然抬头，一挂暴烈的瀑布几乎就在我头顶正上方向我的鼻子砸过来！

　　它带着万分的气势，愤怒威武地坠下崖来，狠狠地砸向碧绿的湖，溅起无数水花，使得四周水雾弥漫，一片蒸腾。一股狂野的能量，一股满不在乎的生命力。像雄狮，像猛虎！

　　我愣在当场，刹那间被折服。这四周庄严古老的森林让我立刻相信，如果真要有所顿悟，当然应该在这瀑布下盘腿坐它几个月！

　　积累许久的疲惫顿时烟消云散，因工作而产生的焦灼也完全不见踪影，我闹不清这是为什么，似乎想来想去，唯有用我喜欢这森林里无边的空幽肃穆来解释。这森林与瀑布合了我的性子，以它自身的不容置疑和磅礴雄壮向我展现出一个非都市的、非现代的、非理性的古老魅力——世界有许多的层次，许多的维度，我所万分焦虑的、感到难以解决的事情，在另一个世界里，根本是轻轻一碰就会消失的幻觉泡沫罢了。

　　我可以回答那个问题了！为什么自然是美的？因为人类和自然原来是同一种结构，同一种能量！人匮乏时，前往大

·

自然之中，会被唤醒，会感到美，那是因为受到了那最原初的未被折损的力量的感召！

这是哲学书里绝没有的答案。这是只有自己真的走进森林里才能有的体悟！正确答案不重要，参考文献也不重要，最重要的是，你是否真的有所感知，有所领悟，你是否真的被击中。那是完全的体认，只能用肉身去感受，其他的什么方式都无法替代。

另外一个"我"，在皮囊控制下的我的面前，初露端倪。

我想要一直寻找的东西，竟然如此出现了。

那个"我"，浮出水面，与"寻常之我"分离了。

我感受到明确的"真正的我"，感受到自己想要抛下一切，立刻就在这森林坐下来，静下来，忘掉工作和生活，再也不回到城里去。有太多太多问题等着我去想了。

…………

大姐们扎堆在店铺里买肇庆粽子，说要回去送人，我也跟着买了好多。

唯一不同的是，我谁也没送，全部自己吃掉了。

○

五十八　小马过河

　　这一年冬天奇冷（以至于过年期间南方各地发生雪灾），有的同事买了电暖器放在家中取暖，虽然可能只用得上一个半月而已，但毕竟在冬天里，暖烘烘的卧室还是很舒服的。我没有买，上班时间居多，写字楼里有空调，回到家也就是睡觉，扛一扛就过去了。周末在家的时间长，实在冷得扛不过去的时候，我就去浴室好好洗个热水澡。

　　浴室有窗，窗外是一大丛灌木和垂下枝条的老树。枝丫不及修剪，蹿进窗内，在百叶窗的间隔里探头探脑，留下几根嫩嫩的新枝。枝干上还有绒毛，像儿童脸蛋上的细毛。

　　我洗澡的时候就常常一边对着热水冲背，一边看着它们。

　　长得真好。这短暂的寒冷丝毫没有影响它们的茂盛和翠绿，这确然是要南至深圳才可能出现的美景。我第一次体会一边洗澡一边欣赏绿枝。真惬意！如果我能像它们这样自在自然地扎根在这南国就好了，不作他想，心无旁骛。

　　冲完澡穿上厚衣服，再裹上薄被子，我就赶紧舒舒服服地坐在书桌前上网。有时候我还准备一罐可乐和特辣鸭脖，兴致勃勃地开启冲浪生活。在工作压力的刺激下，我早就背下了许多有用的网址，学会了怎么深入查询，向信息世界插进去一只大脚。

　　我在那张白色三合板的书桌前，度过了许多个孤寂漫长

·

的夜晚。那书桌摇摇晃晃的，不知道是哪条腿承重出了问题。桌面的金属压条也翘起来，时不时划伤前臂。我有办法，用一条毛巾当桌布，把金属条盖住。这张桌子给我留下了深刻的印象，以至于我后来买过好几张大书桌，都是它的反面：纯纯实木，光滑无比，厚实无比。我甚至落下一个爱买好书桌的毛病。

在所有的网站中，我最最要感谢的，是天涯网站！

在我极其渴望阅读点什么的时候，它出现在世界上了。它有那么多栏目，那么多长长的、翔实的、内容惊才绝艳的帖子！有时候投入地看一个帖子，不知不觉夜里十二点就过去了，一个夜晚就这样愉快宁静充实地过去了。我退回到上一页面查看，天啊，像刚才那样的好帖子起码还有三百个！信息的海洋！而且都是好信息！——这样的感觉太幸福了，我就此感到一天天过得太有盼头了，迫不及待地吃饭睡觉，觉得活着有乐子，心里头扎扎实实地愉快着。我迫不及待地下班，赶紧去超市买上好吃好喝的回家，开始一整晚的美好生活。

有一次，我看完一个很好的帖子，顿感神清气爽，心旷神怡，心满意足，于是信步从卧室走到阳台去透透新鲜空气，我都能感到自己脸上挂着笑意。

他那时住另外一个屋子，平常晚上关着门总是在忙着自己的事情，绝少和我说话。

那天他好奇地问我："你笑什么？看到什么了？"

○

我故作高深，摇摇头，表示无可奉告。

等我从阳台上走回自己的卧室，发现他正趴在我电脑前如饥似渴地看我的浏览历史，搜出那个网页也看了起来。

"快说说，这帖子哪里好了？"他急切地问我。

我哈哈一笑，对他说："不可说，不可说，一说就是错呀！"

"说说，说说！交流一下！"

"你出门买一斤鸭脖，我再讲给你听。"

"好，等我！"他哧溜一下就出门了。

这是我与他少有的还保持着友谊的时刻，心平气和、笑哈哈的时刻。后来我们的友谊崩盘，彼此你不知我，我不知你，成了陌生人。我独自一人看帖微笑，不再有人打扰。

过了年，天气就暖和了。

我一个人居住以后，有一次，一位男同事与我同坐一辆大巴车回南山区，他突然转头对我说："我住的小区就你那个小区旁边，等会一起出来走走吧。天气不冷也不热，正好散步。"

我此前从不认识他，但想到反正是一间公司的，走一走也没有太大关系，于是同意。回家后，脱下板正的工装，换上轻便的衣服，走到碰头地点，彼此点头笑笑，便开始散步，从这个街区走到那个街区，从这家超市走到那家超市。

很多时候我们都保持着沉默，只是低头穿过硕大的玫红色木棉花群，或者在路灯下走过一整面的粉白色蔷薇墙。因此，

·

那晚给我一种很奇幻的感觉——月亮昏黄，路灯朦胧，小区之间的窄巷里仅容二三人并肩行走，其间花团锦簇，宁静悠长，我与一个不认识的人共同打发夜晚时光，共同嗅那南国的花香。

一切都好似梦幻：不真切，但温柔，泡沫般短促。

他问我："最近公司里出政策，职能部门可以转至空乘，薪水翻好几倍，你考虑吗？"

"没怎么想过，天南海北地飞，作息和生活时间支离破碎，我可能不能适应那样的生活……"

他轻轻笑了笑："你想想吧，是个很好的机会。多赚钱，何乐不为呢？"

我以前听同事说起过这个事情，但是考虑了一番，还是觉得不合适。确实赚钱养活自己很重要，可是一旦开始做，此后就很有可能会定在这个岗位上难以脱身，飞个三年五年，就只能永远地飞下去，再也做不了其他的事情。那样一来，会错过整个快速发展的时代，错过我所渴望的实践，永远回不到自己真正想做的事情。

我们后来又逛了几圈，直到路上人越来越少，才挥手告辞。

临走时我说："忘了问你在哪个部门办公呢。"

他说："总裁办。我是总裁助理。"

我点头，与他挥手告别，以后再也没有见过这个人，并

○

且也忘记了问他的名字。

事后再想起来，独独那些静默的红色大花朵和缠绕得层层叠叠一满墙的蔷薇花难以忘记。

…………

还有好些次，和几个同届的同事约好下了班去马路边吃极其简陋的路边烧烤。

回家脱掉高跟鞋，换上黑色大 T 恤和旧拖鞋，在小小折叠桌旁坐下，几瓶啤酒几串鸡翅，聊工作里不可解的烦恼，怎么聊都感觉很搞笑，大概是因为大家回避谈论真正的要紧的烦恼，说的都是一些鸡毛蒜皮的小事。来来往往的汽车扬起灰尘，吹到脸上迷了眼睛，但是那也不要紧，还是照旧坐在小凳子上，不想回家。有时候突然都安静下来，不知道聊什么好，就坐着望着对面的树。

仅仅工作了半年之后，我们就都疲倦且衰老了，穿着拖鞋，受着炎热，可以坐在马路边发很久的呆。

有一位老同学也住在附近，偶尔几次去他那里吃盒饭，听听音乐，听他讲讲他的工作。夜幕深了独自往自家小区走，不让他送，主要也是为了独享夜晚的散步。走过几条街道，路过一整排的肠粉店米粉店瓦罐汤店，看到店主和小工穿着五分裤在灯下忙碌，瘦骨嶙峋，汗流浃背。骨头汤的味道飘出来，与湿热的空气腻在一起，令人感到倦怠，浑身发软。回家冲了澡，在瘫软中深深睡熟，什么都来不及细想。那个时候以

·

为自己会在这份工作里做很久，在这些小店铺里吃上好多年。

年底新春晚会，要大办，新人全部出动去跳舞唱歌。我们还没有掌管重要工作，时间大把，抛头露面也不会不好意思，因此我和其他新同事被抽调过去滥竽充数。

一到下午三点半，办公室空掉一半，只留下几位负责核心账户的老大哥坚守阵地——等到机票电子化全面推行，更加不需要那么多人做机票的核算业务，砍掉八成人员都不算多。

上百个新员工聚拢到一起，排舞的过程就是不停地聊天，叽叽喳喳，十分吵闹。我一遍又一遍跟着跳，心里想，不知道那些到其他单位工作的同学们，是奋战在岗位的一线，做着什么有意义有价值的工作，还是和我一样，在单位排集体舞？我凭空地生出一种紧张感和迫切感，总觉得别人都正做着专业对口的工作，日日精进，而自己却在这里混日子。

音乐慷慨激昂，每个人都要张开双臂从舞台的这一头跑到那一头，象征鲲鹏展翅，振臂高飞。四行人一起跑起来的时候，总是你的胳膊打了我的头，我的指甲削了你的鼻尖，磕碰不断，惊险非常。后来正式上舞台的时候发现效果还不错，乌压压的一大群人，从这里跑到那里，又从那里跑回来，舞台被踩得"咚咚咚"地响，气势上很足。

跳集体舞有什么不好呢？不用数机票就有工资拿。如果存心混日子，那确实是很好混的。好像去公司里主要就是为了吃好一日三餐，随便晃几下就下班了，晚上再坐通勤车走

○

绿色山间的高速路回到城里的屋中。其实可以这么过的。不要想，不要问，闭着眼睛过，到了周末买点菜叫朋友到家里来一起吃饭，开几瓶啤酒，日子很快就会过去。后来公司甚至给员工盖房子！新员工花个几十万就能拿下一套郊区的房子，就此安稳下来，可谓无忧无虑。

晚会结束后，员工们分头坐通勤车回家。

我坐在出租屋里的木头长沙发上，突然想与他聊聊心情，聊聊未来，聊聊工作，聊聊邈远的雾中的道路……我们极少畅聊，那天晚上我做了一个决定，因此想与他坦诚地聊一番。但直到凌晨三点半他才从自己部门的酒局中抽身，那时我已经在疲惫中沉沉睡去。他把我摇醒，对我说着囫囵不清的话，主要是关于他自己。一边说，一边流眼泪。

我劝慰他："工作如果不开心，可以看看其他机会。"

他摇头："就在这里了，只能在这里了……"

"你不是做得很好吗？领导那么器重你。"

"特别累……一点也喝不下去了，但还是要一杯一杯地喝……"

说着说着，他渐渐地歪向一边，在沙发上睡了过去。

我终于确认，此间的两个人，是两条路上的人，注定是无法沟通的，也注定是无法同行的。于是我不想讲述自己了。讲述，是徒劳。

我奢求被理解被欣赏，这是我的问题。奢求，不应该。

·

我出去买鸭脖的时候，看到一楼卖玉器的店铺顺便拐进去看看，挑选了一块很漂亮的佛牌送给他，作为分别的礼物，以此来感谢他对我不多但也是可贵的关心。他收了佛牌，一时情绪复杂，看了我许久，没说出来什么。

…………

痛苦。痛苦令人醒悟。

痛苦是我喜欢一个人，但已经很清醒地看到我不在他的未来方案之中，我必须要收回这喜欢，重新让自己回到自己的身上。

这痛苦令我发现，过往我所学的理论、系统、结构，看过的书、电影，统统都没有用，一个字眼都想不起来。没有一句话是解药。这痛苦还连带着，将我从前体会过的所有的艰涩坎坷全部翻腾出，令我有那么一段时间处于剧痛的碾压之下。

我坐在我的屋里，门关上，窗户打开。叫那些旺盛的枝条和天真的木棉花探进头来，好让我的眼睛有美的物可以看。

长坐，长坐。我直面时间，直面每一秒钟。浑身的毛孔，全部都在感受着时间的缓慢流逝。一开始是很艰难的。无法安坐，心内灼热，要来回走动。

一小时，两小时，几个小时过去，终于累了，可以坐定。脑海中却跳不出一个词语来劝慰自己。

○

只能找。一个个地找。是这个词语吗？是那个词语吗？描述出来吧，描述出来让浓雾散去，让筋骨显露，让洪水退去。

如同火中取栗。在燃烧的心火中，取出一个词，心火弱去一分，再取一词，再弱一分。直至有了一个句子，用以表达我自己的意志，决心，存在，火焰才颓然黯淡，终至冷却。

第二晚心火复燃，复再取栗……

如此循环往复，炼我的手劲，锤我的心皮。

使我在空无中，终于知晓"空色一体"：忘却我所学的一切，只在我的"空"中寻找。原来，果真是"无"生了一切。"无"中生出我的力量，我的智慧，我的勇气，我的坚毅来。果真这些不在寻常的"文字"中，而在"空"中。

我在意念中燃烧掉了我学的所有书本，又在"无"中重新写了一遍它们。

我的尘衣随之燃烧，我再也穿不住它了。

"真正的我"欢喜这燃烧，它闪出了光，提醒我：它跳跃出来了。问了世。

原来，既不是"勤拂拭"，也不是"非树非台"，而是要靠苦火的燃烧！烧掉重重枷锁，烧掉丝丝眷恋，烧掉一层皮一层肉一块心一条髓，烧至空无，才能焕然新生，看见至宝。

我在痛的战栗里，觅得了真我。

小马，过了河。河流随即消失。

·

270

她再回头望，那里一片坦途，沃野千里。

河流是幻象，本不存在。

那外在的他人也退散，化为阳光下的光尘，复归入"无"中。

○

五十九　就像牙齿，松动，然后掉落

在这份工作里，我最后的工作内容，是在总部跟着小马哥学国际机票的处理。

他是典型的广东人长相，圆圆的脑袋，圆圆的眼睛，厚厚的嘴唇。有一天早上，他风风火火地走进办公室，一脸憔悴，厚嘴唇上恐怖地起满了白色暴皮，眼角皮肤全部发乌发青，但头发是钢针般耸立着的（打了太多发蜡），气势从未掉下来过。

我惊问他："你怎么回事！皮肤看上去这么差？"

"欸！前半夜看美股，后半夜打游戏，时间很快就过了啦！今晚又不能睡哦，今晚国际账户要全面关户，准备熬到三点啦！"他嘴上叹气，但是看上去还是精神头很足，好像再熬一个通宵也完全没问题似的。

就连中午的午休他也不浪费。大家统统躺在行军床上在打呼噜，他却开着网页，认认真真学习炒股技巧。

"我最近在学 K 线趋势啦！超准！很有得搞哦！"他说。

我一度觉得小马哥会是我认识的第一个股神。

他是我认识的脾气最好的人之一。跟着他学的几个月里，我从没看到他着急过一次。他总是笑眯眯的，淡淡的。开口之前，那些词语总是要在他口腔中酝酿很久，才能顺利地用普通话表达出来。我不管问什么，他都会很认真地回答。

·

272

说到家庭情况，他说："我老豆（爸爸）没有谋到一间屋哦，我们家一直租房子住，所以我想置间屋给家里人啦。压力好大哦。"

那时广州的房价在一万至两万一平方米之间，是几个大城市里相对便宜的。

"那很值得努力哦。"我说。

"靠今年的股啦，已经涨了大半年了。我都是每个月工资发下来，就立刻投进去的。"

"不危险吗？"

"不会不会，牛市来的！要抓住机会！"他说。

全办公室里的男同事都在炒股，人人蓄足马力，将自己全部家当砸进去。坐在我前面的小红哥，把买来准备结婚的房子卖了，全部放到股市里准备大赚一笔。那是2008年的春天，几个月以后就是那场著名的股灾。那个时候我已经离开那间公司，不知道小马哥的积蓄是不是全部毁于一旦了。

我总是意兴阑珊的，熬到上午快结束才将国际机票录进系统。和小马哥不同，他噼里啪啦键盘打得飞快还能监督股市，我一条条信息地输入进去，还时常出错，要请小马哥转身过来看看到底哪里出了错导致页面关不掉。

有经验的结算员会戴上袖套工作，和老电影里国营供销社的会计一个样子。因为国际机票背面是红色复写纸，一不小心，衣服袖子上就会布满红色的油墨。我把一张张机票录

○

进电脑里，来来回回就是那几个地方：胡志明市、吉隆坡、雅加达……太阳从落地窗外照射进来，将我晒得浑身发软。下午，大家有的去培训，有的去开会，有的溜号出去抽烟散步，有的出门买零食。我坐在转椅上，手上过去的是数不尽的东南亚城市……工作几个月，我从未关心过胡志明市、吉隆坡到底是什么样的城市，连搜索看一下那里的照片都没有试过。

直到几年后的某一天我才突然意识到，胡志明市就是西贡，西贡就是胡志明市，法国电影《情人》里那个郁热缠绵的西贡，就是我天天在红色油墨中翻过去的胡志明市。

有一次小马哥告诉我："一定要想办法申请驻外，驻外有补贴，是全权负责一个区域，薪水涨很多，能力也提升得很快。"

"是去胡志明市、吉隆坡？"

"是啦，是啦。"

"越南……"我感到那里远得没法说。

"你就这样想嘛，其实生活起来和广东差不多啦。"

他与我聊得最多的，就是怎么努力工作，努力赚钱。他已经开始考注册会计师，熬夜看书刷题是家常便饭。他向我科普"注会"是怎么回事，又说服我也去考，据说考下来以后就业机会会大大增加，进入知名外企都不在话下。他说起这些来，一点市侩和俗气都没有，只让我佩服他的坚持和魄力，还有那份承担起全家人未来生活的勇气。上天没有辜负

·

274

他，在他考下证来后的第二年，他就成功地进入麦当劳，成了一名财务总监。

2008年是一个风起云涌的年份，发生了很多大事，这些事对未来都产生了深刻的影响，但这一点当我们身处其中时，无人知晓。

不知道谁的电脑忘记关了，从耳机里传出那首正当红的歌：

北京欢迎你

为你开天辟地

流动中的魅力充满着朝气

北京欢迎你

在太阳下分享呼吸

在黄土地刷新成绩

…………

北京欢迎你，北京欢迎你，这是一声多么诚恳的邀约。

我对南洋毫无概念，对北京，却在那个瞬间，心里动了动。我还从未去过北方呢。

入了春，天气哗一下就热了起来。

同事们都穿上短袖去上班，班车上冷气开得更足了，对着每个人的后脖颈猛吹。

○

有那么一段时间，日子过得懒散倦怠起来，上班下班，数机票，到楼外晒会太阳，散散步。我已经放弃抵抗，接受了这中产的、慵懒的、不多费一丝心思的生活。只要少想一点，日子就会过得飞快，而且还觉得挺有味道的——这是他劝告我的话："下班回家，喝点啤酒，叫朋友到家里一起吃饭，聊聊八卦，骂骂工作，到晚上睡一大觉，第二天早上六点又要起来了。过得多好。"

摇子是和我同一批进公司的同事。他总是喜欢举着一杯冰可乐，慢悠悠地、大摇大摆地从门口走进来，神情中有一种嘲笑似的愉快，见到谁都是笑嘻嘻的，但是又让人觉得他的笑不怀好意，带着戏谑。他走路似乎比所有人都慢一个节奏，吃饭说话都如此，好像他什么都不太在意，也没有挥之不去的焦虑感。

提到工作，他就是微微一笑不予置评的样子。但他很喜欢和我聊一些生活小妙招，告诉我许多赚钱的路子。比方说他混迹于内网的二手物品版块，前不久花 200 元买了一台二手洗衣机，感觉洗得不够好，转手就在内网标价 400 元卖了出去，净赚 200 元。

"这么猛！"我惊叹。

摇子笑眯眯地挥挥手，白白的脸蛋肉抖了抖："都是小case 啦。很多人图方便，就在内网买东西。还可以周末去香港带点化妆品回来卖，运气好的话赚个一千都不在话下啦。"

·

我给他竖一个佩服的大拇指。

他还谈到从读书开始，他就去批发市场进货，拿到宿舍卖，四年下来攒了好几万，生活费都不需要父母掏，家里需要用钱，还要找他借。

我说："摇子，迟早有一天我会在富豪榜上看到你的名字。"

摇子淡淡一笑。

有时候我在园区里看到他，像只闲散的大白鹅那样慢慢地散步，微笑地看着前方什么地方，好像只生活在自己的世界里。

总部办公室很大，角落里坐着两个极年轻极漂亮的女孩子录机票，是专门从戏曲学院招来的。

我问摇子："你老从那边走，是不是喜欢最漂亮的那个？"

他摇头："太小了，太小了，说话做事像我女儿一样。好乱伦的感觉。"

同小马哥一样，我从未见过摇子发脾气，就连说个重话、脸色变得凝重焦急，都从未见过，也很难想象他会那样。私下大家议论工资、八卦各类事情的时候，摇子的议论常常很犀利也很尖锐，但他永远都是乐呵呵地说，好像早就把这些东西看透了，丝毫不觉得生气，还觉得很好笑。

就是这样一个总是"离线"状态的摇子，有一天突然告诉大家他已经辞职，准备回宜昌老家了。

我从工位上站起来，愣愣地看着他。

○

"为什么？"我问。

他刚从领导那里谈话回来，收拾工位的时候对我说："一个月几千块钱，要在深圳生活，怎么够？一辈子也做不出头啊。我还是回家吧，我手上的存款，都够在宜昌买个房子了。"

摇子是这批人里第一个辞职的，做得果断利落，丝毫不拖泥带水。中间纠结犹豫的时候，好像也从未和人吐槽过。他就那么走了。

我给他发信息："摇子你真勇敢。"

"家里有屋又有田，生活乐无边。"短信里他好像又在开玩笑了。

他走掉的那个下午，我坐在工位上迟迟没有录进去一张机票。他做了我想做但还在犹豫的事情。

谋份工不容易，尽管知道眼前的这个事情迟早要被全面电子化的趋势所淘汰，还是忍耐着做下来，为了谋生。但摇子不知道什么时候就突然想通了，大城市的光环、大公司的保障、从众的安全感、名校生的虚荣，都被他看穿，觉得毫无意思，不如回宜昌。

他说走就走了，微笑着将他那台已经旧了的华硕笔记本电脑塞进书包，消失在我们眼前。

我好像是从一场夏日午睡里醒了过来：嘿，那你呢？你还等什么呢？行动起来啊！觉得不合适就再度出发啊！明明知道这个工作找错了，为什么不大胆承认，重新再找一份呢？

·

我还不是个死人呐！我还可以去做很多很多事情啊！

我踏入红尘后的第一次实践失败了（研究生时期的实践），眼下第二次实践也失败了（这工作不合适），那还犹豫什么，谁阻止我进行第三次实践了？前两次失败了又怎么样，就算是前十次失败了又怎么样，继续往前走啊！振作起来！

这就是我的幡然醒悟。

第三天，我就开始在网上投简历，又广发信息询问朋友哪里有工作机会。两个月后，一份由朋友推荐的在北京的工作就摆在了我的面前：一家很小的房地产杂志社的记者。

但是我心中仍然有很多顾虑。我渴望平稳安宁、没有后顾之忧的生活已经太久太久了。人活着，要吃饭，要租房，要存钱……为此，忍耐一些看不见摸不着的煎熬是否是应该的？毕竟，心灵的痛苦是可以逃避的，而生存的痛苦却是一天都难以忽略的。要不，把一切都忘记？要不，还是踏踏实实地好好工作，把工资尽量都存起来，坚决不在外面多吃一顿？要不，还是先苟着？先这样吧，什么都不要着急，起码等我自己缓口气再说吧。公司组织的集资建房流程已经开始走了，一年之后，我就会有一套自己的房子——两居室！几十万首付我一次当然拿不出来，可公司说，没关系，从工资里慢慢扣都可以。安身立命之本都有了，还折腾什么呢？我仍旧依赖着这家公司，强烈地想在深圳稳稳当当地生活下去。多待

○

个几年，也许什么都会好起来的！写东西一时半会出不来成绩，养不活自己的。不写就不写吧，过几年，总有写的机会的。先活下去。

然而，在 2008 年 5 月，那场震惊全国的大地震发生了！

我和同事们每天一上班就能看到网页弹出来的新闻，只要一看到访谈，一看到那震后灾区的惨状，逝去人们的画面，所有人的眼泪都忍不住哗哗流了下来，难以自控。尤其是年轻同事，早上去上班时眼睛都是肿的，因为晚上看电视新闻哭得太狠。

生命是如此的短暂，生死的机缘是那样的随机，不可预测。

如果有一天我死了呢？我会不会为自己没有胆量去做自己想要做的事情而后悔不迭？我会不会觉得虚度了今生今世？我会的！而且我会痛恨自己！痛恨自己的懦弱！痛恨自己的苟且！

工作这一年里我又添了不少毛病：剧烈的胃疼始终没好；由于长期吹空调，肩膀和脖子的肌肉僵硬酸涩，跑跑跳跳都成了不小的负担；失眠依然，太阳穴那里酸胀难忍，时常头疼欲裂；体重降了二十多斤，几乎成了纸片人——这一切都在提醒我，我并没有想象中的那样能活。生命的终结，也许并不像我以为的那么遥远。

我也跟着新闻流了许多眼泪，孩子的哭喊，小学校长的痛哭，孤身农民的折返，都令人揪心……眼泪冲刷出许多心灵的沟壑，眼泪将我的许多烦恼一并带出，落在我的衣服上。不知道是哪一天，哪一个夜晚，我做了决定。

我要离开！我要立刻去追索，立刻出发，不能再等待了！在生与死的终极命题的凝视之下，我领了天命，背上行囊，从这间暖屋走了出去。

我会死的，从这一天开始的每一天，我面对死神的拷问，都不必再躲闪。

我仍旧喜欢深圳这座城，倒不是因为它繁荣、发达，是一线大城市（在来之前，这确实是最重要的原因），而是因为它就是南方，它的植被苍翠浓厚，它漫山遍野的都是美丽的老树和大团浓烈的花朵，再坐一段公交车就可以看到灰蓝色雾茫茫的大海——它是如此地接近大自然，只要在山脚下走一走，即使旁边就是硕大的服装厂厂房，我还是觉得轻松、惬意。它和我的家乡简直一模一样（我好奇为什么以前从来都没有人告诉过我），总能让我想到学生时代走过高高低低的田埂去上学的美好感受。但我却没有时间停留太久，发呆太久，生活还不允许我长久地静立，享受这大自然无私的馈赠。

有一次，我去罗湖区探访一位女同学。那是一个热闹喧腾的城中村，他们租了一套漂亮整洁的两居室，还在那里怀上了第一个孩子。我从她家里出来，目之所及，熙熙攘攘，琳琅满目。水果店、米粉店、猪脚饭店、龟苓膏店林林总总，

○

店铺小小的，布置得精致紧凑——都是生活的滋味，令人感动。如果深圳的消费到处都是如此就好了。可惜不可能，除了一眼望不到头的绿色之外，深圳还有它高傲昂贵的另一面，令人心生胆怯。

但难道北京就不高傲，不昂贵吗？欸，我还真的认真比较过，2008年的北京各方面的消费可是比深圳便宜不少啊，谁知道后来竟然……

…………

不管怎么说，我存下了一万块钱，来到了北京。

我下定决心过这样的生活：自由地阅读，自由地写作。工作上随便干点什么都行，只要别饿死就行。也就是说，不再隶属于任何强大的公司，不再刻意寻求任何保护。自己承担自己，自己调和自己。同时也确认，自此之后，无论谁来劝阻我，都将无用。

我决定从此以后看轻生存，看重存在，脱去束缚，走向那条属于我的路。

自打我决定之后，我感到迷雾逐渐散去，四周变得澄澈。

.

六十　往那边走

我离开了那家大型企业，离开了有保障的生活，从此坠入一种无着无落、自负盈亏的生存挣扎中，经常为钱和失业操心，再度拮据，并再度谨小慎微地过着每一天。可是这种动荡生活却再也没有令我想要重回"数机票"的工作，我想，这也许是一种命运的召唤，无法抗拒，它就是适合我的，满足了我内心深处隐秘的渴望：能时不时地静止下来。静止，歇会，立定，不被什么东西驱赶着，这对于我来说，特别重要。

这是我的第三次实践，后来，我终于撞破了那一层薄薄的窗户纸。

机场大巴平稳地行驶在高速上。

在华北平原之上，白杨树笔直地矗立。天极高极远，没有乌云。啊，原来北京是没有乌云的。天空遥不可及。

我几乎能感受到身体中多余的水分正在晒干，脑海清清亮亮。我与这片土地一见如故，仿若旧人重逢。历史的光影从土地上升腾起来：我好像能看到几千年前这里荒原万顷，祭祀台上火焰正熊熊燃烧，北方的雄主正带领着各部落的头人们虔诚地祈祷——我与这片土地一见如故，仿若旧人重逢。相隔千年万年，不知怎么，我又来到了这里。即使这感受是我稍稍加戏，为自己额外赋予的故事，我也毫不犹豫地认可

○

了下来。那就当作如此吧。毕竟从此以后，我可再也没有什么东西可以依靠了，就依靠这个莫名其妙的眼缘和邈远朦胧的故事吧。

这片土地是肃穆的，庄严的，包容的。它向我张开双臂：你来了，你可以活下去。我会让你活下去。

为房地产杂志写文章，不了解北京的城区结构可不行。我得准备好，因为随时有可能被派往四九城中任何一处地方采访，我得能够判断自己身处何地，叫我过去踩点的那个工地在哪里。在此之前，我完全不通南北，没有丁点在北方生活的地理常识。我必须尽快搞懂。

那天，我早早来到办公室，趁着安静，在公司墙上那张超大的北京地图前站了一个多小时。我盯着它看，从上到下，从左到右。先是确认自己的方位，然后确认周边的地点，随后是对环线有了感受……生存的压力再加上心情舒畅，我竟然在大伙上班之前背下了这张地图！

从那一天起，我开窍了。

就那么一个瞬间，通电了！脑室被照得清清楚楚，之前糊涂的脑神经归位了。"啪"一下，我就明白了北京的城区是怎么分布的，北京的地理位置到底是怎么回事，就那么快！如果高中时，我解题能有这个速度，我可能早就考上清华了……

我很快就进入状态，开始写东西了。以下是我写的广

·

告词：

"这里是北京的北五环和北六环之间，紧挨着这片区域的超大型楼盘叫作天通苑，这里即将入驻超过二十万的居民，仅仅一个商场是不能满足要求的。本文将为您介绍该区域即将开业的第二个大型商场，它气势恢宏，造型简洁，室内动线清晰，入驻商家档次高，品种丰富，游览购物体验极佳。正式运营之后，该区域的房价有极大可能进一步上涨，因此，购买天通苑的房产在目前看来是一个很好的投资选择……"

我喜欢文字。我喜欢写字。随便写点什么都行。我发自内心地想要把所有我经手的房地产广告写好，让开发商多卖点，卖得快一点。

因为背下了地图，我敢去景点玩了。

我也很会坐公交车，眼睛一扫，就能把附近公交站台的车辆号码和车次背下来，坐公交车熟练得好像在北京已经坐了十来年似的。我坐公交车去过很多地方：后海、南锣鼓巷、清华北大人大、各个公园，最远的还去了香山和八大处。一个人沿着山路把八大处的几间庙子全部溜达了一遍，在太阳下山之前坐公交车回城区。

我与我的孤独并肩而行，四处溜达，这里看看那里看看。饿了，我就在家门口的饭铺吃盖饭（喜欢麻婆豆腐盖饭）或者马兰拉面，困了我就在出租屋里睡上一整天。周末我还到房子后面的平价超市里买菜回来炒，做上一大锅素菜荤菜混

○

炒的菜，放在冰箱里保存着，下班回来热一下就能当晚饭吃，可以吃上两三天。想散步，我穿上鞋子就出门，从化工大学绕一个大圈，走到服装学院，穿过那长满苍绿色爬山虎的小巷，走到街边逛一逛平价服装店，再绕一个大圈回家。

…………

爱情、虚荣、体面、固若金汤的生活和灿烂的前途都离我远去啦。我从一个西装革履的新时代小精英，变成了一无所有的流浪汉，生活在世界的缝隙之中。

我只剩下了我自己，我的孤独，我的一颗心，几千块钱存款。

孤独里有痛苦。可是我愿意领受这痛苦，因为我从孤独中收获了更多——无关紧要的旧皮蜕去，人看见了自己。

我能成为我，全靠孤独的成全。

正午时分，我下了公交车，走一段公路，再走一段山路，就可以进到八大处的庙子里看稀奇。

太阳直射头顶，公路上只有我一个人。

我戴上刚买的草帽信步向前，沿途摇摆的狗尾巴草擦过我的指尖。山腰上，庙子里的磬声与唱经声杳杳渺渺，告诉我往那边走。

我走啊，走啊。

低头一看，太阳将我照成一枚小影，正与公路平行。

我也许正在接近那个我一直渴望得到答案的问题：云何

降伏其心。

　　是命运拽着我的后衣领，历经千辛万苦，终于将我扔在了这句话面前。

○

六十一　青年们

对我而言，北京就是一个有着多重维度多重时空可能的场域，和它实际上呈现什么样的面貌，拥有何种现实能量无关。我一无所有地来到这里，在生存的角度上来看，确实艰辛，但这又恰恰为我打开了那条前往"异世界"的通道：因为没有束缚与依赖，人可以随心所欲地生活与想象。只要一息尚存，那么，当黑夜来临，我遁入夜的怀抱，打开音乐，翻开一本书；或者在黑夜里静静坐着，望向窗外昏黄的路灯，时与空便松动、悬浮、游移起来……我可以在顷刻间进入任何一个其他的时空，生活在别处。我的自由的额度，我原本被束缚在今生今世的局面，被彻底打开了。

2008 年的北京，说起来有很多很多因素令它成为这样一个如此包容谦逊的场所，就好像世界在那个时候突然被洞穿了一个窟窿，北京成为一个时空隧道的隐秘入口，只有内心仍激动难安的青年人才能捕捉到这个机遇。它突然出现，我和很多朋友便在那个时间点不约而同地来了，事先没有任何商量。

朋友怡说："出来吃火锅啊！"她带着我们来到一家旧木装修的餐厅吃饭，这事我到现在想起来仍然觉得梦幻无比。也许是厚重的老木头古朴怀旧，也许是美艳婀娜的老板娘迷了我的眼，也许是昏暗的灯光下一切影影绰绰，也许是后来我再去找时那家店和老板娘都已消失……总之，这顿我来北京后不久吃到的饭好像再次应和了我对北京的印象——如梦似幻，雾影重重，朋友们高高兴兴地挤在一起，热烈地说着许多事情，从未听说过的工作、动荡的生活、不着边际的玩笑——我们正年轻，还有大把的时间用来体味叵测的人生，还有信心能把握一些东西。

自由向我们全面铺开，我们乐于承担所有的喜怒哀乐，并引以为豪。我们付出的代价，是朝不保夕，穷困潦倒。

几个月后，钱不太够了，我喊朋友雷过来一起合租，他很爽快地答应了，在一个夜晚收拾了几个包裹，拉着一个行李箱，搬了过来。

进门的门厅那儿，放了一张九十公分宽的小床，他就睡那里。床旁边是一张书桌，冰箱立在床尾。睡觉的时候，脚底板会被冰箱压缩机带着，一起微微震动。因为长期被洗衣机漏出的水浸泡，门厅的木头地板已经全部浮动，和底下的水泥地面彻底没了粘连，走起来疙疙瘩瘩，发出"嘎吱嘎吱"的声音。

雷起先在小剧场里写剧本，后来进了一家很好的公司做文案策划。写剧本那会儿，他常常通宵不睡觉，一边抽烟，一边敲字。写成一段，他就把电脑音乐先暂停，自己看一遍，有时候也将台词小声朗读一遍，感慨两声，再把音乐打开，接着往下写。

○

烟灰缸是一个八宝粥罐子。很快，烟蒂塞满整个罐子，向上生长，长成一座烟屁股山。女同学来看我，做完菜之后帮我收拾屋子，顺带将他的烟灰缸清洗干净，放回原处。他因此感激地说了好几年，一提起与我合租的日子，就要说起那只被洗得干干净净的罐子。

他的相机看上去很高级，里面装了许多剧场照和他与女演员的合影。他将照片导入电脑，深夜里就着音乐来回翻看，能看很久。冬天下了第一场雪，外面原本平平无奇的红砖老楼陡然间银装素裹，显出质朴的美来。他叫我下楼去拍几张照。我裹上新买的绿色棉大衣，兴致冲冲地下楼，一只胳膊撑在梧桐树的树干上，一只胳膊张开，眼睛看准他的镜头，示意他按下快门。

拍了几张后，我凑过去看：只看见一个胖胖乎乎的硕大身板……

"棉大衣不显气质啊，你为啥要穿棉大衣？"他说。

"冷啊。"

"唉！关键时刻怕什么冷嘛。要不穿着毛衣再拍几张？"他说。

我心灰意冷："算了。到时候就不是棉大衣的问题，而是脸的问题了。"

有一次，周末的晚上我们俩都没有出门，在屋里待着百无聊赖，他决定请我去旁边的"马兰拉面"吃一顿。坐定后，

.

我看见旁边有人额外点了一份牛肉加入面碗，满满当当地看上去很诱人。

我于是问："再多请一份牛肉呗？"

他使劲摇头："哪能过上那种日子！"

我们俩哈哈大笑起来。

2008年的最后一天，东到北京出差，晚上住我那儿。我们三个很快熟了，聚在雷的小屋里，聊着天，一点也不困。雷拿出一张光碟，放入电脑光驱，光影跃动起来，故事向前运行。我把通往阳台的那扇小门关紧，让门厅更窄小更暖和一些。随后，我和东坐在雷的床上，缩在被子里，雷坐在一侧的椅子上，一起看起了电影。

暖气从灰色的镀锌暖气片里呼呼往外冒，我们的脸很快就热得红彤彤的。

东喝了酒，哭了两嗓子，酸着眼睛看了会，就无声无息地歪在被子上睡着了。

雷抽着烟，熬着困，眼皮子快粘在一起。

等电影播完，窗外的天空冒出几颗瘦瘦的烟花。红的绿的，一闪而过。

我把东叫醒，喊她和我一起进里屋睡大床。

枕边的暖气将我熏得头皮发酥，我窝在被子里，明白外面万籁俱静，我的生命万籁俱静，天地与我终于没有任何隔阂地彼此相见。我放下了许多许多，走到了这一天，身心同

○

卸万斤担，只觉得自己能够紧紧拥抱着自己这样的生命体验，实在等了好多年啊。

就好像一切生活的困苦、情感的挫败、暖意的丧失，都是天地有意为之，正是为了要让我寻到这难以言说的"我"、"此在"。而这体悟，是那样的倏忽即来，倏忽即去，正如一条隐秘的通道，它的入口并非时时敞开，也不是那样轻易就能寻找到。在一切幻灭之后，在我失去了一切社会性的累加之后，在痛苦将我几乎击垮之后，我终于等到了这体悟。

2008 年就这样过去了。

我把被子塞到东的下巴底，转过身挨着她暖烘烘的脊背，沉睡过去。

·

六十二　秋风吹我

杂志社给不出全额工资，更不要提别的稿费，高薪计划泡了汤，生活很快陷入危机，我只好马不停蹄地寻找新工作，甚至面试过幼儿园。终于在朋友的介绍下，我来到一间小小的互联网公司做了一名销售部经理助理，开始批量制作电子表格计算各类销售数据。我很快上了手，成了一名"表姐"，在重压之下，竟然将从前恨之入骨的 EXCEL 表格耍得龙飞凤舞，很快就成了一个电子表格的高手。

但这份工作也时时面临迫切的压力。我入职后的第二个星期一，女经理开完例会后，就很直接地对我说："总裁想撤掉你这个位置。何必要个助理呢，没必要招个助理嘛。"

我心中咚地一声巨响，啥也说不出来。

这份工作一个月发 4000 多元，扣完税到手 3500 元，付了房租，刚好够吃饭和坐公交车。存款已经用尽，我必须硬着头皮厚着脸皮在这个岗位上做下去。后来我也确实一直做着，坚持了一年半的时间，熬过了最艰难的时光。但那句"要撤掉"的话，仍旧每周按时出现，晴天霹雳一般，叫人心惊胆战。

年关将至，女经理请大家吃饭，迎接新年。聚餐后，我和她一同从餐厅走出来，在知春路的桥下等公交车。那会我已经转做培训工作，夜间做课件，白天她领着我四处讲课。我讲，她听。她喜欢听我讲，对我的新岗位挺满意。

○

我站在那儿，忽地听见身后有动物打响鼻的声音："啊哼，啊哼！"

脖子后头潮乎乎的。

我一转头，一匹红棕色的高头大马正在我脖子后头站着！寒风凛冽，它冻得微微颤抖，一双大眼睛就在我的脸前，水汪汪地看着我。

一匹马？！北四环？！北航附近？北京城里？！

江西没有马，这是我人生中第一次见到真马！它长得多么英俊挺拔！身姿修长，鬃毛干干净净的。——真像是梦里才会出现的情景。

再往后看，它身后拖着一辆四轮板车，板车上整整齐齐码了上百本花花绿绿的盗版书！旁边就是它的主人，一个黑脸汉子，穿着黑色的羊皮厚袄子，吸溜着鼻涕，蹲在水泥墩子上。

寒风吹得更狠了，马儿向前走了一步，好像是特意想让我看看它今晚卖的书，好像它专程从郊区走了很远的路，才走到我的眼前。

这时，一套十三本的明黄色的古典文献释读出现在我的眼前，书脊上写的都是阿宏曾经对我背过的书目！我对这些书目实在是太熟悉了！

我问价格，黑脸汉子报了一个，有点高，我买不起，我已没有存款啦。

·

我毫不犹豫，转头看向她，开了口："经理，要不，您送我这套书吧？"

她平常对我特别抠抠唆唆，总觉得工资给我开高了，那一刻却奇怪：板车上架着灯，淡黄的光将她脸上的雀斑照得分明。如果我没有看错，那一瞬间，我在她的脸上看到了理解和仗义。

"老板，拿个袋子装起来！"她爽快地掏出钱塞给黑脸汉子。

随后，她将那一塑料袋沉甸甸的书交到我手上："拿着吧！看去吧！"

嘿，这位北京女子，真麻利。

…………

后来的两年时光里，我每天都抱着这套书看，看过一遍再看一遍，直到看到滚瓜烂熟，几乎能背下。从此之后，我被真正拽进了那门之内，逐渐成为一个截然不同的人，一个有根的人。

寒来暑往，北京最美丽的秋来了。

雷搬走后，我一直住在门厅。那张书桌，成了我日日看书的地方。南窗的梧桐树在秋风中摇动，金色的光线从它的缝隙中大剌剌洒向我和我手中的书本。暑热仍在，我的肚子褶皱里、腿窝里都是细密的汗。但架不住风吹啊，一阵"刷啦啦"的梧桐树叶响动，秋风吹透我的皮囊，带走我的一切不安。

○

这样的金光，它均匀地撒向人间，撒给每一个人，在它这里，万物无有分别，人类计较的那些七七八八都没有意义。

活着，能吹到这样的秋风，晒着这样的太阳，这多幸福！多满足！我突然想明白了，原来活着，就是能见到每一天的太阳，就是被阳光洒在头顶。只要想想一切都正无差别地被阳光照耀，心中就自然地空旷而悠远了。

在那个下午，我被风吹透，也成为了风，从南窗而来，穿过门缝，向北飞去。我自愿放弃人类的属性，不再做一个复杂的人，而成为一股风，一束光，一条门缝，一片树叶。从此，贫穷对我没有意义，失败对我没有意义，湮灭对我没有意义。我是这样摒弃掉一直困束我的、令我流过无数眼泪的、令我彻骨疼痛的红尘人间的。我是这样成为我自己的。我是这样摸到了某种难以言说的"道"的。

我的故事就此讲完了。

番外篇

一　桃花

我出生在初春。那个时节，桃花会盛开，花瓣娇嫩，柔弱，在枝头飘摇不到两周，便要悉数落下，让嫩绿的叶登场。它们娇嫩到，那短短的数日就是自身的永恒。然而，那短暂，恰就是春的盛景。这是桃花绚烂却令人动容的原因吧？

我甚至记得我出生第一年的春天：父亲骑着单车，母亲在后座抱着我，郊区道路两边是嫩绿的树林，连成片的粉色桃花林，清悠悠的河水，饱含果香的空气……

南方的春是动人的，绿油油的山林之间，蕴藏的都是生的希望。

那回我以为仍是春游。

走的仍是郊区的老路，过了绿油油的树林子，就要穿过一片泥泞的烂泥地。那是通向农场的必经小道。只有母亲骑车带我，她骑得飞快，头发蓬乱，我看不到她的表情。

进了堂屋，她愣了愣，脚步迟重，不敢上前，拖着我远远地站着，冲着沙发那边，轻轻地喊了一声："妈。"

阿婆虚弱地躺在那黑色的人造革沙发上，已经不能回应。她在昏睡着。这是她的最后一日，母亲带我来见她最后一面。

母亲叫我走近去看，自己却不肯动脚。我太小了，还不知道害怕，走近阿婆，挨着她的脸。她连睁眼看我的力气都没有了。她对我不熟悉，因为长久以来，她不能距离我太近。

○

大人们在旁边低声微语，商量着后事。

我抬眼看窗外，门口的桃树分明盛放着粉色的柔嫩的花朵，而阿婆却这样躺在窗下。表哥把我领出去，啊，外面阳光璀璨，泥土芬芳，几十只嫩黄的鹌鹑在我脚边玩耍。表哥给我盛一大碗饭，摆上鸡腿，叫我多吃点……

那天，我失去了亲阿婆，我的母亲失去了生母。

她死后，母亲从未在清明节为她烧过纸钱，与她遥远地聊过天，乃至于我完全不知道我的亲阿婆叫什么名字，是哪个村子的，人生经历过什么样的事情。舅舅每次说到过去，都被母亲无情地打断，叫他不要再说了。

但是舅舅忍不住想要补偿，只好补偿到我这里，对我好一点，给我多吃几个鸡蛋，他心情会好一点。后来，会给猪打针的舅舅去世，像阿婆一样融入进红土，成为土地的一个部分。

这样一来，我便永远离不开那片土地了。

她将她送给别人家养活，派舅舅去学校看看她。她看见大哥，哭着说："我害怕，我吃不饱，大哥带我回去吧！"

大哥沉默——已经无法带她回去了，送出去的孩子，反复拉扯几次，别人就再也不能要了。

阿婆觉得对方是钢厂的工人，拿固定工资，吃公家饭，比在红土地里刨食要好。于是，她从来没有去探望过她这个最小的女儿，也不敢问她过得好不好，每次只让大儿子偷偷过

·

去看一眼，甚至都不敢说话，不敢给一点吃的，怕她跑回家，怕她在那一家哭闹被人嫌弃。

母亲终于成家，有了我。但阿婆连我也不能见，同样是为着怕那边不高兴，也因为女儿心里别扭。她对她的生母缄口不言，恨意已经与阿婆的死亡融在了一起，使语言再也没有意义了。

阿婆病了以后就开始绝食，我见到她的那一天，已经是她绝食的第十一天，瘦骨嶙峋，到了最末的句点。至深夜，她在绝食中落入红土，不复存于人间了。

今年，在春日迟迟之中，我终于鼓起勇气来写阿婆了。土下的她终于等到了我去写她，等到我想起了窗下的她，等到我想到红土中的人们……就让红土中的血与泪都在我的血管里奔涌流淌，日夜不息吧。

它们命我作诗，命我书写，赐予我终生的使命。

她没有给过我一句话，一个眼神，一个手势。我却偷偷地替母亲原谅了她。女儿之女，对于她，终究还是爱意深厚。红土容纳了一切悲伤。

至若春和景明，桃花盛开，我来想念你。

○

二　舅舅

小学一年级刚刚入学没多久，舅舅专门从柜子里拿出一本江西省钢笔字帖，高兴地告诉我，这里面有他的书法。

他翻开那一页，指着几百个"刘"字中的一个，跟我说，"记住哦，我们家姓刘，就是这个刘，有很多种写法。你来写写看。"

他怕我忘记，母亲其实姓刘。

还是小学一年级前后，我暂住在舅舅家。白天，他就牵着我的手，带我去给农户生病的猪打针。我们走过江西赤诚的红土地，一步步走过崇山峻岭，在泥泞的村庄之间穿行。正午的村庄杳无人烟，四周寂静。

舅舅穿着兽医的白大褂，走得很快，中途不喝水，到一家打完针，就要急匆匆地赶往下一家。

我很奇怪，舅舅怎么会知道给猪打针的？舅舅真神奇。

那几年的夏天，舅舅在农场的田里种花生。我负责手握几个花生种子，跟在他身后，在他挖好的洞里放下一颗花生，以及不断地跑回屋子里给他倒白开水喝。每倒一次，舅舅都要不遗余力地夸我懂事体贴，是一个好孩子。我心里很高兴，越加勤快地给舅舅倒水喝。

小学三年级，舅舅来我家看我，拉着我的手，问："怎么长瘦了？"

·

母亲说："抽条了，所以瘦了。"

舅舅喜欢读书好的孩子，在我高考拿了第一以后就更加喜欢我，逢人就说我从小读书好，所以拿状元是必然的。大一寒假返乡，去舅舅家玩，舅妈端给我一个海碗，要我吃。我一看，这碗里足足煮了六个水煮蛋，白白嫩嫩，中间透着浅黄的芯。我使劲吃，吃到第三个实在吃不下了。

读研究生的寒假，去舅舅家拜年。和舅舅一起走过新余的街道，偶遇几个小男孩打架，舅舅上前把他们拉开："嘿！嘿！小朋友要团结友爱，不能打架！听到没有？"说完还站住观察了一会，确认他们不会继续打架，才离开。

舅舅过世已经十多年了。一想到他，我就会想起我六岁的时候，他拿出一整张白纸和钢笔，十分严肃地要教我写繁体的"刘"字的情景。但是写下来，才发现，我和舅舅的故事并不多，这一生的缘分仅仅就是以上这几个小事情。

我的舅舅叫刘正业，毕业于江西农业大学（那个时候还不是大学，可能是大专或者中专），这是他可以给猪打针的原因。

○

三 那些消失了的初中同学

小学升初中的分班，已经是不公平的。父母是医生教师官员的孩子们集中在两个班上，配备最好的师资，其他班级随意。贫困，我浸淫其中的时候感受不到，直到长大后，我才能明白当时有一部分学生的生活是多么的艰难。

初一夏天，南方热得没法喘气。

英语老师问一个瘦弱黝黑的女同学："你为什么穿长袖厚衣服？"

那个同学很不好意思地笑了笑，没有回答。

"你都生痱子了。你不热吗？"

"我只有这一件衣服。"

"什么叫作只有这一件衣服？夏天的短袖呢？"

她缩缩脖子笑了笑，没有再说。

我知道她，一整年，她就穿那件衣服。两件一模一样的，换着穿。冬天套个校服，就这么挨过去。下雪也如此。可能每天都换新衣服的英语老师真的没法理解她。

是，我们那个班上，聚集了大量父母从乡下进钢铁厂打工的孩子。和我的双职工父母不同，他们的父母都是临时工，厂子里不保障他们的医保和养老，只是雇用他们去做重体力活，卸车皮、铲煤之类。

和我们的脸色相比，他们的看上去蜡黄，黑漆漆的，脸好像总是洗不干净。

他们经常在后排互相说，放学了要去厂子里帮父母卸车皮，夜里十二点还要干活，女孩则要回家做饭。初一时，一个男同学就因为去厂子里打开水，走在铁轨边时，被呼啸而过的火车汽笛声吓了一跳，摔了一跤，所有的热水倒在他的裤子上，烫掉了他大腿的整张皮，休学一年。

我们去他家里探望他，他的小小床就挨着家里的煤堆。他一瘸一拐地在屋里走着，笑眯眯地和我们聊天，一声苦都没有叫。但我分明看见他腿上白色的绑带上，血迹斑斑。

他们和我，生活在不同的世界里。

在这样的生活条件下，他们不可能成绩好。以及，他们在我还懵懂无知的时候，已经接触到了最不堪最被侮辱最愤怒的成人世界。学校里的黑帮成员，就是由他们组成的。

上午下了第二节课，所有的学生都要在花圃边做操。每个学期，都会有几个大高个冲进我们的队形，对几个熟悉的脸孔低声命令："跟我砍人去！"

就真的砍人。真的出事。最高大最年长的几个男同学是这样消失的。

女孩子们戴最廉价的塑料头花、塑料耳环，穿的确良黄裙子，开始逃课，跟着不知来路的人混，具体混在哪里，谁也不知道。有钱了回教室，请几个关系好的同学吃炒粉。

"阿梅在外面不学好，你们听说了不？你们知道不！"

○

最最开始，我见过她哭。很矮个子的一个女孩子，包子脸，小眼睛凸嘴唇，脸蛋又黄又黑。笑起来很灿烂，但是马上就可以变得娇嗔。想装得狠毒冷酷大姐大的样子，但是怎么样都像马仔。

忘了是老师骂她，还是与人吵架，她哭得满脸通红，眼睛肿得看不见，龅牙咧在外面。眼泪从红肿的眼睛里艰难地流出来，一行又一行。像一个最无辜的小女孩，大概只有三岁的样子。也许她本身就是个小女孩，根本不是大姐大。

名声坏掉以后，她很少再回教室。没有人欢迎她。偶尔见她，她的耳环从塑料的换成了不锈钢。她没有与我说过话，看见我只是笑。

我到今天，都记得她卑微的、不好意思的、偷偷咬着嘴唇的笑。是江西女孩子独特的笑容。

塑料凉鞋被她踩成拖鞋，随她一起走远，消失了。

秋妹胸太大了。所有人都笑她是个老妇女。她喜欢的那个男孩子也骂她。揶揄她大概有三十五岁，是个寡妇。她就把头藏在木头抽屉桌子里哭。说要去告老师。最终也是没有告。她转学而来，一年以后又转学而走。

没有人对得起她。所有人听见那个隐秘的笑话时都在笑。我也是。

振生从家里拿出一本《1934年的逃亡》给我，郑重其事地说是一本好书，叫我认真看。我看完以后跟他说："苏童写得太好了啊。"

他听见了，不作声，很骄傲的样子，嘴巴抿得很紧。

后来他又把他写的毛笔字给我看，表情严肃，不容亵渎。

我还不懂毛笔字，不知道说什么好。我就说："你厉害啊。"

大一回家，我看见振生在米店里搬米。一袋，一袋，又一袋。

我差点哭出来……他怎么会成为米店的搬运工呢？他是天生的艺术家啊！他怎么能不去画画，不去写字，不去演奏音乐（他自己学会了吹笛子）？我没法忘记他。

在他们消失时，他们平均年龄十四岁。他们的贫穷，令他们无处可逃。

在我想要写点真东西的时候，我常常想到他们。这是我的少年时光。校服从冬天穿到夏天的少年时光。有同学从早到晚吃不上饭的少年时光（他们连学校门口的炒粉都吃不起）。一大半同学消失在中考前的少年时光。

我必须要一而再，再而三地写他们。

○

四　旧屋

　　我最喜欢躺在床上刷家居照片，以此来作为休息。有些博主还会配上音乐，让人进入到一种情景感中去。想想看，屋子真的挺神奇，仅仅是看着照片，就让人沉浸到一种类似静思的氛围里去了。

　　看了很多下来，我发现自己喜欢简陋的屋子：像凡·高画里的他自己住的小屋那样，床和小桌，一只小小的水瓶。细究下去，这不就是我外婆家的那间旧屋吗？

　　因为十分十分节俭，外婆家的家具都是用了几十年的。家里一件多余的物件也不买，只有生活必需的物件罢了。茶缸、毛巾、搪瓷碗，都印着分厂的名字，代表着是一次次比赛拿回来的小奖品。屋子里干净，外婆把屋子扫得利利落落的，这并不稀奇，厂里的女工都如此。因为她年纪已大，病痛缠身，旧屋被她打扫出一种寂静萧索的感觉。

　　水泥地几乎被拖得褪了色，露出灰白的底。绿色铁窗框许多地方生了锈，等着外公什么时候从厂里拿回一点剩下的绿漆重新涂上。抽屉我都翻过了，各类小药瓶码得整整齐齐，发出一股浓烈的药味，也许都是那麝香龙虎贴的原因，它味最重。

　　窗帘有两幅，大房间里是一幅西湖美景图，小房间里是一幅绿竹。

·

中午，我躺在床上等待睡意的到来，盯着那幅西湖美景图能看一两个小时——我感觉我已经去过无数次西湖了，我对它那里的水波粼粼和宁静秀美已经熟悉得不能再熟悉了，几乎可以说，我是在西湖旁边的长凳上睡着的。

盯着绿竹图时，我就觉得我在山脚下睡觉，我就住在山林深处，每天吃竹筒饭，喝山泉水，住茅草屋。

外婆对我从来不说什么。每次去她家，我都极其容易进入某种发呆和想入非非的状态。自由自在。

我曾经在外婆家一口气吃过十二根冰棍，连续喝过三瓶冰汽水，在楼底下的水泥地上趴着写作业，徒手捉螳螂！（我小时候竟然有这个本事……）

有一天晚上睡觉之前，我央求她第二天早上一定要带我去小学部跳扇子舞，她同意了。结果第二天早上三点半她就把我叫起来了！因为她们这帮老太太就是这个时候跳扇子舞的。我睡眼蒙眬地爬起来，在晨雾里稀里糊涂地玩了会扇子，回到家里，倒头就睡到了中午。

每次晚上入睡之前，我都要求她给我讲故事。她实在没其他故事可讲，每次都讲狼外婆吃小朋友手指头的故事，从大拇指开始讲起，一直吃到小拇指，再吃到脚指头。

我现在躺下来回顾自己的人生时，好像中间几十年都没有存在过似的，那些原以为重要的事情一桩都没有出现在脑海中。每次出现的，都是那寂寥的旧屋，泛白的旧窗帘。好

○

309

像那些教育、知识、奋斗、拼搏，都没有留下痕迹。

啊，原来好多事情是徒劳的。背英语单词，考试，奋斗，熬夜，煎熬，焦虑，哭泣，想办法，挖空心思，都是徒劳的。

我长于旧屋，以后总是要回到旧屋的。

过尽千帆皆不是。

一个个"不是"脱落，自己才能被抓到。

五 爱

我上大学以后很长时间都没有谈恋爱，这个事情挺让我着急的。当时我觉得谈恋爱这个东西很重要，它可以带我体会到很多新的情感，使我的思想变得深刻，总体来说，是有助于学习和写作的。我需要一个那样的体验来让自己提升到一个更高的高度。

到了大二学校运动会，我们和大三的同学坐在一起，我抬眼看见一个很漂亮的侧脸，鼻子很高，眼睛深邃，眉毛又黑又浓。我立刻喜欢上这个侧影了。我打算从这个侧影入手，进入到一个完全陌生的领域。我给自己布置了这样一个作业。

我开始到处找寻这个人。食堂里，开水房，化学系的教学楼，图书馆，校园里的小道，超市，石凳子。如果偶尔看到他，我常常紧张得手脚不知道该怎么放，如果在食堂遇到，我可能饭都吃不踏实。日子过得飞快，转眼就到了大三，我们参加考研经验汇报会，我喜欢的那个人，赫然在列！还以高分代表的身份，简单说了几句考研需要注意的事项。

还有三个月，这帮人就要离开大学了，我再不说出来，这个人就要消失了。我下定决心，决定找人问问这个人到底是谁，叫什么名字，什么来头，要来电话号码，得把我这个事情跟他说一下！

○

关键时刻，大祭司出马了。她帮我在师兄师姐里问，谁认识一个天天穿红衣服的男的。她很快就要来了姓名和寝室电话，把纸条拿给我。我吓得一哆嗦，就跟过年不敢点烟花似的："你帮我打吧！你来吧！"

大祭司气定神闲地打过去："那个谁谁谁在吧？"

"在的。"

"叫他接电话。"

过了一会，一个声音说："谁找我？"

"我有个朋友，喜欢你。"她说完，就把话筒递给我。

砰！我感觉过年点的那个巨无霸烟花炸了。

我哆哆嗦嗦，一瘸一拐地走向话筒。太艰难了，我只是想体验一下谈恋爱的感觉，并不是想体验上战场的感觉。

我抱着视死如归的心态接过话筒："是，没错，我喜欢你，我在运动会的时候看到你，就喜欢你了。"

话筒那头，对方沉默了一会，他问得很迟疑："你确定？你见过我？"

我说："见过呀！你不需要知道我是谁，你只要知道，我很喜欢你！"

然后我就噼里啪啦说了无数情话，把我自己能想到的最羞涩的柔情蜜意，沉思默想，全部告诉了对方。我说："第一次见到你的时候，你的身后就是夕阳，你在晚霞之下站着，我就那样喜欢你了。我喜欢你，非常喜欢你！"

·

他默默听完了，说："好的，谢谢你。不过我还是觉得很突然。"

我们约定，我可以在任何时候想打电话找他就找他。我也告诉了他我寝室的电话号码。挂了电话之后，我如释重负，非常爽快，当晚睡了一个好觉。

这之后，我的记忆出现了一段模糊地带。每次我和他通了电话之后，我在校园里再看到他，就不再紧张了，我知道我和他之间有一种隐秘的联系，这是一个只属于我的秘密，我很知足。

大概三四次电话之后，大祭司有一天来找我："搞错了！你喜欢的那个人叫另外一个名字，住另外一个寝室！这才是他的电话号码！"

"妈呀！"

"赶紧给这个打电话吧，不要磨蹭了，时间宝贵。"

我想到那个错误的电话对象，尴尬到恨不得消失在墙里。但是我想，错误还是得赶紧停止，不能给别人造成更深的误导了。我立刻拨通那个错误的电话，告诉他："对不起，我打错了电话，是朋友给的信息出现了问题，我的那些话，都不是对你说的。抱歉！抱歉！"

电话那头是沉默。我心虚地没等他回复我，就匆匆挂断了电话。

然后我的记忆开始鲜活起来，我找到了正确的电话号码，

○

找到了正确的人，我约他出来，和他聊天，对他倾诉衷肠。他也对我说了很多话，最后说道，我们是没有结果的，他要去大连读研究生，而我的未来，还不知道在哪里。

他和我上晚自习，发现我化学课和计算机C语言都不太精通，他说："你成绩不太好，这样想要考上一流大学的研究生，是不太可能的，我们没结果的。"

我问他："没有结果的事情，就不能开始吗？就不能异地恋吗？"

他摇摇头，说："不行，做不到。"

我颓废地走回宿舍，想了一晚上，给他打了个分手电话，说了点回忆，说了点有的没的，最后在自尊心的催促之下，我说："那这就是我给你打的最后一个电话了。"他说："好的。"随后我挂断了电话。

很多年以后，我明白了，他对我这样一个在大学毕业之前突然闯出来的人，是没有感觉的。他不喜欢这个突然，这个突然就变成了一个意外的插曲，被安置到记忆的某个角落里，仅此就可以了。

再往后，我还是会在校园的很多地方见到他，这个时候的相遇就变得尴尬无比，他的同学和我的同学都彼此认识了，我看见他的女同学和他嬉笑打骂，女同学给他整理衣服，女同学和他拍照。我对他的爱意未消，因此痛苦非常。

六月的一个下午，我从东门走进学校，他在马路的另一

·

侧，和几个同学送一个女同学上火车，他们推着行李笑嘻嘻地走着，我在马路这边，快速扫了一眼他，立刻低下头，赶紧走过。我想，不出意外的话，这应该是我和他最后一次偶遇了，以后，我们都不会见面了。

那天晚上，临近十二点，我宿舍的电话突然响了起来。我毫无准备地接起来。

那边声音有点陌生，他平淡地说出自己的名字，我才惊觉，他是之前我打错电话的那个人。我感觉到紧张和不好意思，还有一点内疚。

我还没想好要跟他说什么，他开了口："还有十分钟，我就要离开校园了，去四川宜宾当老师。我是一个农村人，从小到大一直很平凡，从来都没有人说过喜欢我，从来没有过。可是自从你那么不顾一切地对我说喜欢我的话以后，我就变了，我从来都没有体会过这么开心的感觉。我给你打这个电话就是想要谢谢你，虽然你打错了电话，但是你是我生命中第一个对我那么坚定地说喜欢我的人，我的生命因为你而变得不同了。谢谢你！再见。"

我怅然地把话筒放回座机。

一切，好像有了别的解释，有了别的意义。我还不能确定那个意义是什么，当时也无法表达出来。我觉得极其尴尬，极其内疚，又觉得尘埃遍地中有一点金黄色的光。我不仅是那个光的制造者，我也是那个光的受益者，只是当时我惘然

○

其中，不解其味。

　　我出于私心，刻意去创造爱，收获到了计算和衡量，但也在最最意外的地方，收获了关于爱的隐约真谛。

六　我的导师和我

有些人直到死了，你才会发现自己有多依恋他。我导师去世两年了，直到现在我也不能跟别人提到他，提到就会不受控制地流眼泪。我感到挺奇怪的，他在世的时候，我从来没有觉得我对他那么依赖。直到他死了。

我是从化学系考过去的。准备考试的时候要提前联系导师，我就联系了他。我说我是慕名而来的，喜欢他，想考他的研究生。

他挺高兴，同意了。

后来又通了几次邮件，聊了一下参考书。找他有空的时候，我还上他家去拜访他，让他见见我。他说："你补一下文学史吧，我看你差得要命。"

我领命回去，买了书抓紧看。

其实，我并未真的上过他的本科课程——我没时间，我要做化学实验，修英语双学位，解薛定谔方程，还要去汉口做家教。

我就是哄他开心的，他就信了。

后来我考得很厉害，文艺学笔试第一。没人敢信。我同学都是湖北省地方大学教大学语文的，竟然轮到我考第一。我都晕了，觉得自己简直就是被中国文学选中的人。

结果，到了复试出了大问题，美学问题我考零蛋。美学

〇

题我抽到的是"为什么大自然是美的？"，我连题目都没看懂。啥玩意？我就颤颤巍巍地背黑格尔语录。零分。美学老师不高兴了，问我："你学的啥东西？"

他赶紧接口说："她是化学系考过来的，美学这一块接触得少。"

这事就过去了。

后来总分加起来也还是够了，就还是考上了，成了一名中文系的人。学得太吃力，头半年上课就跟听天书似的，没有一句话能听懂。

我和师兄师姐一起跟老师开会，师兄跟他讨论意识形态的问题，我听了半天，忍不住问："意识形态是什么意思？"

他骂我："你都中文系的研究生了你还不知道意识形态是啥，你自己找书看去！"

他经常骂我，说我成绩不好。我说："我本来以为中文系研究生教写作我才考过来的。"

他就生气了："那你走，哪里教写作你就去哪里。"

他还说我主谓宾定状补都写不明白，一塌糊涂，论文不忍直视。

他训我："一个句子里，'在'到底放哪里你知道吗？你告诉我！"

我后来毕业论文都不敢给他看，临交稿前两天才把定稿给他的。学得不太好，基础太差。学渣。

·

但是一到吃饭，他就好像一点也不嫌弃我，总叫我多吃。

中秋节肯定是要聚会的，吃饭喝酒。我喝了半斤小糊涂仙，啥事没有。师兄喝得多，站起来冷静地说："我要去'料料'。"然后慢慢地滑到桌子底下去了，滑到桌子底下去了……

临毕业了，他说："最后嘱咐你们两句话。第一句，爱就要真的爱，不要玩弄爱情。第二句，不知道该怎么走的时候就停下来。"

我说："我知道了。"

后来我来了北京，他调动工作，常来北京开会。我就常常去找他蹭饭吃。

他就像一个父亲，对人生有巨大的沮丧，对快乐有极高的要求，对没文化的人有最强烈的鄙视。我就像一个女儿，使劲吃肉，听他说话。

后来他只要来北京找学生吃饭，就单找我，然后叫我喊别人。

师兄气得不得了，说他们喝酒才多，为啥感情不如我？

我真的不知道。看来人和人之间事情说不清楚，不是天天喝酒感情就一定深。不是骂了，就不爱了。

他上次喊我去吃饭，根本没酒。就是中午的自助餐，我知道，他就是让我尝尝好吃的自助餐，再笑眯眯地看看我，跟我聊聊他女儿，聊聊他以前怎么带娃，怎么带学生，怎么留校当老师。我跟着他一路取糕点、包子、蔬菜、煎鱼。

○

我现在写下这场景，都不敢相信，这是我最后一次见到他。

我那么喜欢他，那么依恋他，他看见我，也高兴极了。我那个时候知道我们俩是有感情的。他想我，爱我，我也想他，爱他。

以前送他上火车，他就给师兄师姐和我群发短信，说："老师爱你们。"

我当时觉得他太老土了。

他老说家里房子大："你不来陪陪我和师娘啊？到我家住几天？吃吃老师给你做的菜！"

后来，那年秋天他没来北京开会。发信息给他，他不回。我还纳闷呢，他太忙了？没过几个月，师兄就给我打电话，说他去世了，生病住院几个月，走了。

他病了怎么不告诉我？他告诉我，我肯定得回去看他！

师兄终于赢了我一回，是他告诉我消息的，他比我离他更近一步。

2019 年，我准备考博，把硕士论文翻出来，我看到他写的评语："该生是一个好学生，勤奋努力……"我的眼泪涌了出来。他说我是一个好学生。

他说我是一个好学生。

他怎么能死呢。他怎么不跟我说一下呢。我都没见到他最后一面。我是他最喜欢的学生，他怎么不跟我说呢？

·

我一定是他最喜欢的学生。

他写庄子、老子，书我看过了，都忘记了。我知道他一辈子也没做成庄子。临到退休了，可以做庄子，他却走了。

我知道如果我梦见他，问他，他就会说："这有什么大不了的？早走晚走有什么区别？我还乐意早点走呢。"

我跟他相处的时候，我还太小，太愚蠢，不明白他的内心世界。现在我长大了，他却走了。不过，我们即使互不了解，也达到了情感的深度。这很奇怪，但是确实如此。

他是我精神上的父亲，他走了，没有人在文学上给我搭雨棚了。

我得自己搭雨棚了。

○

七 我之为我与舍身饲虎

人一生下来，肉身成为一团，魂灵为之凝聚，就得有一个"我"的概念。

"我"须自恋：爱恋我自家的肉身，性格脾气，看重我自家的荣誉尊严，耻辱和屈辱，等等。这原本就是我之为我所必须出现的一个结果，如果一个幼儿形不成如此的自恋，那他的魂灵恐怕难以凝聚。

然而，由这个"我"进一步形成的，就是红尘人世的诸多苦痛和万千烦恼了，生老病死、怨憎会、爱别离、求不得等等。痛不可言，不知道该怎么解决。许多人一辈子临到最后阶段，都无法摆脱"我的自恋"，还要追求强烈的爱与被爱，炽热的激情，等等，直到最后一秒，才难以置信地进入到突然的沉寂之中。

舍身饲虎的故事是距离"我的自恋"最最遥远的故事。

三太子萨埵那看见母虎饿得奄奄一息仍在给两只幼崽喂奶，但情况危急，母虎饿得受不住，眼看着就要吃掉幼崽，于是三太子支走两位哥哥，用尖木头刺穿自己的身体，先让母虎舔血，随即让母虎和幼崽将自己整个吃了下去。

相传三太子萨埵那是释迦牟尼的前世，他死后即上兜率天上，入了境界之中。

这故事我初看时震撼不已，再看又再看，内心中始终激

.

荡着某种强烈的情感，难以表达。我想李安对这个故事也是有看法的，但是从《少年派的奇幻漂流》来看，他是否定这个故事的。此时此刻，眼下这个时代，我想，与大多数人谈论这个故事，都会得到和李安差不多的看法：这个故事之可怕荒诞，会把好好的人教坏。如果谁真的相信了这个故事，谁就会成为这个社会里最傻的傻瓜，生活的败者。

不过我今天想重新解释一下这个故事。我认为，理解舍身饲虎的关键，是三太子破掉了"我"的概念。

谁人不爱惜自己的肉身和容貌？谁人不害怕肉身被撕碎？谁人不害怕流血？谁人要给一个野兽喂饱肚子？只要是人，凝聚了精魂，就会害怕这些。但是三太子将这些凝聚而来的"我"又破掉了。他不忍母虎吃掉幼虎，就拿自己的肉身做了食物，几乎像是很轻易地就放下了凝聚为人的那个中心点，"我"。

母虎是兽，它控制不住自己，喂奶是母虎的本能，但饿到极致吃掉小虎，也是本能。而人则不然，人会因为一个至善至纯的念头，就将"我"破掉，置肉身和恐惧而不顾，做出惊天动地的事情来。

回望中国历史，怀有这样念头的英雄是很多的。他们中的每一个人，都有这样的念头——魂灵能聚也能散，肉身能成也能灭，这一切都没什么大不了的，只要那个至善至纯的念头能成就行。

○

许多人说佛教教你不再痛苦的方法是泯灭欲望，但是我想不是的，我想根基还是在于那个"我"。你都没有"我"的概念了，一切攀附其上的痛苦烦恼当然也就不存在了，也就成了金刚，步入了无上正等正觉。由此来看，寻到那个念头是关键。

有了一个至纯的念头，"我"也就破了，在那念头面前，"我"渺小到自然而然地消融了。而如果始终寻不到那个念头，那么一辈子的苦是吃不尽的：肉身的冷热饥病，心灵的爱恨情仇，都会像波浪一样冲击着人的脆弱的魂，刚刚消停一会，下一个浪头又来了。

人终有一死，或轻于鹅毛，或重于泰山。人生的意义到底在于何处，人应该怎么样度过自己的一生，实际上已经有了许多经典的论述，只是我们不太相信罢了。

磨砺了一番，终于信了的人，是有慧根的。始终不信的，也许还在精进的路上行走吧。

"向死而生"，到了最后一刻，自己这一生所做的事情能令自己不懊悔，就是值得欣慰的了。

图书在版编目（CIP）数据

在大学与大厂之间 / 阿痴著 . —— 广州 : 广东人民
出版社 , 2025. 7. —— ISBN 978-7-218-18631-3

Ⅰ . I247.5

中国国家版本馆 CIP 数据核字第 20250EV577 号

ZAI DAXUE YU DACHANG ZHIJIAN
在大学与大厂之间

阿 痴 著 　　　　　　　　　　　　　　　　　　版权所有　翻印必究

出 版 人：肖风华

责任编辑：廖智聪　吴嫦霞
装帧设计：崔晓晋
责任技编：吴彦斌　赖远军

出版发行：广东人民出版社
地　　址：广州市越秀区大沙头四马路 10 号（邮政编码：510199）
电　　话：（020）85716809（总编室）
传　　真：（020）83289585
网　　址：https://www.gdpph.com
印　　刷：北京美图印务有限公司
开　　本：889mm×1194mm　1/32
印　　张：10.75　字　　数：196 千
版　　次：2025 年 7 月第 1 版
印　　次：2025 年 7 月第 1 次印刷
定　　价：59.80 元

如发现印装质量问题，影响阅读，请与出版社（020-85716849）联系调换。
售书热线：020-87716172

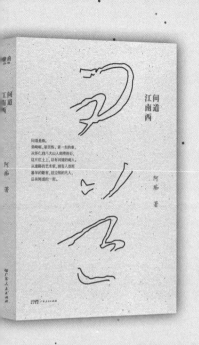

问道是痴。

是崎岖。

是苦炼。

是一生的事。

- 在那座小小的钢城里，
上海的知青老叶和钢城的
孩子报生成为忘年交。

- 一个奋力辗转于尘世，
在艰难和放弃之后成功，
却死而有憾。

- 另一个则扎根于红土，
在从怀仁到傅抱石的
传统滋养之中，
成为内在完整的人。

心无所定，便处处掣肘，热望成为热毒，登顶幻成下坠，极乐痛爱终为长悲的开端。心内三点在心舟内沸腾不已，得不到一瞬的清宁。此书写那沸腾、煎熬、执着，和愧悔。

在愧悔的尽头，他抬眼看。
众里寻他千百度，蓦然回首，手执答卷的人在灯火阑珊处。
愧悔终于释然而消散。他在最后一刻闻得真道，不再煎熬。

——阿痴

蟠桃叔★★★★★ 2024-01-20 13:47:33 陕西

二十万字，一口气读完。直接说，好书，多年难遇，评茅奖不为过。当然，评茅奖，不屑。读到多次落泪，不是生离死别处，是家常里带出的勾刺戳到心窝子去了。有读金庸的感觉，例如报生拜师那段文字，有英雄气。明明是女孩子写的书，却没有一点扭捏作态。字字方正，集结可成军阵。从钢城到上海，从下岗到返城，几十年的中国史在这本书里面，那种生气扑面而来，惊动鬓发。浪奔，浪流，再涛涛也不会乱，因为问道的人守着心。书一合，一定要推窗看月，要吐纳，要高啸。作者叫阿痴，痴却不呆，清醒得很。那么年轻，一落笔，这么老辣。日后还了得？不是吹捧，我吹捧她做啥？又没给我一毛钱。读了，懂了，爱了，如此而已。有机会，我要去江西的红土地走走，去看看那书中的小学和铁轨。后劲大，昨天读完，今天心里还风云激荡。过段时候二看，三看。

阿达公主（诗是不可以被亵渎的） 2022-01-11 20:48:22

阿痴有两篇小说对我来说意义非凡，一是我ID由来那篇，另一篇就是这篇，这部小说要出版我应该是最开心的人之一了。因为阿痴不断提出了同一个内核，即天下不过于一斗室中，哪里不过都是一个小镇。我从小镇出身，作为小镇做题家多年，从小读金庸、读三毛，立志要远走高飞，去看看天下之大。后来如愿到北京念大学，到英国念硕士，游历十来个国家。然而回到北京工作之后，几乎立刻感到被困住了，困在了忙碌的工作中，庸常的生活中。心气依然和叶长鹰一样，却不似他有一个上海作为目标。小说家是提问者，叶长鹰和报生几乎是我自己心中两个不确定想法的化身，同时向我发出诘问。如果令人满意的生活，值得追求的东西不在这里，那会在哪里？是否是在伦敦、在巴黎？抑或是在此刻潘家园的斗室之中。

森雲★★★★☆ 2024-01-27 10:59:45 北京

一口气看完了。平实而动人，看的时候想到很多父辈和我们这代一些被时光遗忘的普通人。